诗歌里的中国系列丛书

诗歌里的二十四节气

丁捷 主编
孟祥静 编著

河海大学出版社
HOHAI UNIVERSITY PRESS
·南京·

图书在版编目（CIP）数据

诗歌里的二十四节气 / 孟祥静编著. -- 南京：河海大学出版社，2024.7

（诗歌里的中国 / 丁捷主编）

ISBN 978-7-5630-8985-7

Ⅰ. ①诗… Ⅱ. ①孟… Ⅲ. ①古典诗歌－诗歌欣赏－中国 Ⅳ. ①I207.22

中国国家版本馆CIP数据核字(2024)第100619号

丛 书 名 / 诗歌里的中国
书　　名 / 诗歌里的二十四节气
　　　　　SHIGE LI DE ERSHISI JIEQI
书　　号 / ISBN 978-7-5630-8985-7
责任编辑 / 彭志诚
选题策划 / 李　路
特约编辑 / 翟玉梅
文字编辑 / 徐倩文
装帧设计 / 刘昌凤
出版发行 / 河海大学出版社
地　　址 / 南京市西康路1号（邮编：210098）
电　　话 / （025）83737852（总编室）
　　　　　（025）83722833（营销部）
经　　销 / 全国新华书店
印　　刷 / 三河市元兴印务有限公司
开　　本 / 880毫米×1230毫米　1/32
印　　张 / 9.25
字　　数 / 216千字
版　　次 / 2024年7月第1版
印　　次 / 2024年7月第1次印刷
定　　价 / 89.80元

序

智性的精彩
——《诗歌里的中国》丛书序

/丁捷

中国诗歌是中华儿女的性情基因,是中华文明的基因。翻阅人类文明史,不难看到古老的中国是其中的浓墨重彩。其最为厚重的一笔,是彪炳的中国文学,是灿烂的诗歌星河。说中国是诗歌之国,言无夸张。从古代的《诗经》《楚辞》到唐诗、宋词、元曲,再到进入白话文时代洋洋洒洒的现代诗歌,中国的诗歌文化一直绵延不断,千秋万代,日积月累,终成巍峨。卿好诗文,诗富五车,诗风吹得子民醉;曲水文华,诗脉流芳,中国人一言一行、一语一态,声声有情,款款有韵。中华民族因诗歌而气华,因文采而质优。诗歌涵养出独特而又生动的东方性格和东方智慧,哺育出出类拔萃的中华文化。

序

显然，包罗万象的中国诗歌，远远不止于是一种文采呈现和审美表达，更是一种精神寄托、文化传承、自然观照和科学探求的集大成。认识中国诗歌财富的价值和取之运用，千百年来，我们一直在做，但做得还远远不够。从中国诗库中挖掘瑰宝，我们更多的注重开发其情绪价值和美学意义，较少关注其对哲学、自然、科学等领域的贡献。中国诗歌"内外兼修"的双重丰富性，多少有些被后人"得之于内而失之于外"，很多时候我们沐浴在中国诗歌的文采和情感这些"温软"里，对它浩瀚里所蕴藏的自然科学"硬货"多少有些忽略。《诗歌里的中国》摒弃习惯思维，另辟蹊径，从节气、节日、民俗、游戏、神话等内容元素切入，引领我们探求诗歌中的气象学、社会学和专类文学；借用传统，达成了某种文化创新。这套诗学著作因而呈现出非同一般的编著意义和传播价值。

"二十四节气"、"传统节日"、"民俗"、"游戏"和"神话"等专题专集构成的丛书，集常识性、科普性与赏析性于一体，洋洋大观，知性明了。每本书选取多个小主题介绍相关历史风俗，并选取符合这一主题的古诗词，通过"主旨""注

序

释""诗里诗外"等栏目,对诗歌进行解读,扩展与之有关的有趣故事,使图书知识性充足,却丝毫不削弱趣味性。《诗歌里的二十四节气》将二十四节气按照春、夏、秋、冬四个季节进行分类。每一节气部分详细介绍了节气的定义、节气的划分、节气三候、气候特点、农业活动及民俗活动等。例如,春分时期的诗歌不仅描述了自然景象的变化,还反映了农耕社会的生活节奏,使读者体会二十四节气在古代社会中的重要意义。《诗歌里的传统节日》按照节日时间分为四个部分:"乱花渐欲迷人眼"、"楼台倒影入池塘"、"菊花须插满头归"和"竹炉汤沸火初红"。每一个传统节日,都从定义、起源和形成、发展脉络到节日活动和习俗,进行全面的科普。通过诗歌,读者可以了解节日的独特意义和文化价值。《诗歌里的民俗》分为人生礼仪、岁时节令、游艺和生活四个部分,每一部分又细分为若干具体的民俗。书中对每一个民俗的定义、形成、发展脉络和习俗进行详细介绍。通过相关的诗歌和注释,读者可以了解古代社会中各种礼仪和习俗的具体表现和文化背景。

值得一提的是,从古老中国文学中找"游

3

序

戏"是一件时新的活儿。游戏在我们今天是一种普及化的大众娱乐，在古人那里，却更有娱乐之上的"培雅""社交"功能。这一点太值得我们挖掘了。《诗歌里的游戏》将古代游戏分为文化、博戏、武艺和礼俗四个类别，每一类别包含若干游戏。书中对每个游戏从定义、历史和玩法等方面进行详细介绍。例如，古代的射箭游戏不仅有诗歌的描述，还有射箭的历史和技术细节。通过相关的诗歌和故事，读者可以更好地了解古代游戏的相关知识和古人的高雅娱乐方式。我们今天在为青少年沉湎于"西式游戏"而烦恼的时候，不妨到聪明的祖先那里求助，仙人指路，也许我们因此而抛却外来依赖，开发出更多属于我们自己的、具有强烈民族特色的优质"游戏"。

从文学本身的意义看，《诗歌里的神话》拾遗补缺，为文学学的发展提供了新的参考。本册分为天地开辟、三皇五帝、夏商周等几个时期，详细介绍了每个时期的神话传说。书中通过对相关诗歌的解读，带领读者领略中国文化的起源和神话传说的独特风采。例如，盘古开天辟地的神话不仅有诗歌的描述，还结合了神话的

序

起源和影响，使读者对这段神话有更深刻的理解。中国神话传说丰富多彩，却散逸在苍茫文海，由诗歌开路，踏浪寻踪，不愧为一种大观捷径。

通过《诗歌里的中国》丛书，我们可以穿透历史的缝隙，重新发现那些优秀的传统文化，感受古代社会的丰富多彩和智慧结晶。本套丛书不仅是体例创新的诗词赏析集，更是解构中国传统文化的宝贵资料，使读者在欣赏诗歌的同时，感悟文化之美，厚植爱国情怀，筑牢文化自信，增进科学自豪。

由诗歌等"杰出贡献者"写就的中华文明，源远流长、博大精深，是中华民族独特的精神标识，是当代中国文化的根基，是维系全世界华人的精神纽带，也是中国文化持续和创新的宝藏。习近平总书记在文化传承发展座谈会上，以贯通古今的文化自觉，鲜明提出了中华文明的突出特性，即连续性、创新性、统一性、包容性、和平性。这是对中国文化特性、中华文明精神的深刻总结，是站在推进中国式现代化建设的全新视角，对创造新文化的恢弘擘画，为建设中华民族现代文明提供了根本指针。今日之中国，人民群众对传统文化的热情日益高涨，中

序

华优秀传统文化活力迸发,《诗歌里的中国》丛书出版,正是为了激发大国科学创新潜力,传递民族精神之光,绽放中华文化独特魅力的呼应之作。

时不我待,让我们拥抱这份智性精彩。

2024 年 6 月 13 日于梦都大街

目录

壹 春之节气

立春 三
减字木兰花·己卯儋耳春词 / 苏轼　一一

雨水 一五
咏廿四气诗·雨水正月中 / 元稹　二二

惊蛰 二五
闻雷 / 白居易　三一

春分 三四
春分 / 刘长卿　四二

清明 四五
清明日 / 温庭筠　五一

谷雨 五四
白牡丹 / 王贞白　六〇

贰 夏之节气

六五	**立夏**
七四	立夏 / 陆游
七七	**小满**
八四	咏廿四气诗·小满四月中 / 元稹
八八	**芒种**
九四	梅雨五绝·其二 / 范成大
九七	**夏至**
一〇三	夏夜叹 / 杜甫
一〇八	**小暑**
一一三	小暑戒节南巡 / 庾信
一一六	**大暑**
一二三	大暑水阁听晋卿家昭华吹笛 / 黄庭坚

叁 秋之节气

立秋 一二九
木兰花慢·盼银河迢递 / 纳兰性德 一三六

处暑 一三九
处暑后风雨 / 仇远 一四四

白露 一四八
南柯子 / 仲殊 一五三

秋分 一五六
夜喜贺兰三见访 / 贾岛 一六四

寒露 一六八
秋日望西阳 / 刘沧 一七三

霜降 一七六
送李翥游江外 / 岑参 一八一

肆 冬之节气

一八七　　立冬
一九二　　立冬 / 李白

一九五　　小雪
二〇〇　　和萧郎中小雪日作 / 徐铉

二〇三　　大雪
二〇八　　雪诗 / 张孜

二一一　　冬至
二一七　　冬至夜怀湘灵 / 白居易

二二〇　　小寒
二二八　　小园独酌 / 陆游

二三二　　大寒
二四〇　　大寒出江陵西门 / 陆游

二四三　　**附录　二十四节气发展史**

第一辑

春之节气

立春

科普 //

　　立春，又称"打春"，是二十四节气之首，"立"代表着开始；"春"代表着季节，代表着温暖、生长，立春是一个反映季节变换的节令。立春，象征着大地回春，天气渐渐转暖，白昼渐渐变长，春季开始了。

　　《月令七十二候集解》中对于立春是这样解释的："立春，正月节。立，建始也。五行之气，往者过，来者续。于此而春木之气始至，故谓之立也；立夏、秋、冬同。"因此，以立春所在月份为正月，立春是一年之初，万物生机之始。立春，又称"岁首"。《史记·天官书》中载："正月旦，王者岁首。立春日，四时之始也。"春季是四季之始，而立春又是春季之始，故而立春又是一岁之始。

节气三候

与二十四节气对应，中国古代将一个节气分为三候，以五日为一候，立春中的三候为："初候，东风解冻；二候，蛰虫始振；三候，鱼陟负冰。"立春之日，东风送暖，冰封的大地开始回暖。此时的东风也唤作"春风"，为万物带来生机。当冬天的寒冷被温暖的春风慢慢刮走，大地便由地表开始解冻，南方的柳枝最先在春风的吹拂下催生出嫩芽，唐诗里的"二月春风似剪刀"正描绘出了春日东风的强劲。过了五日，经过春风为大地送来温暖，冬日里蛰居地下穴洞中的虫子慢慢苏醒，伴随着气温的升高开始蠢蠢欲动；再过五日，水面的冰开始慢慢融化，水中敏感的鱼儿很快察觉到了气候的变化，争相跳出水面，此时的水面还有尚未完全消融的冰块。所谓"春江水暖鸭先知"，在南方的池塘里或小河中，鸭子早已在水中自由地嬉戏觅食了。

气候特点

二十四节气主要是中国古代黄河流域的先民总结了该地区的天象、物候而创造的"自然历法"，二十四节气中的"四立"对应春、夏、秋、冬四季的开始。但由于中国幅员辽阔，地理条件多种多样，各个地区的气候特点相差也较大。因此，"四立"虽然能够比较全面地概括我国黄河中下游地区四季分明的气候特点，但"立"的特征并不明显，不能够代表全国各地的气候。

在气候学上，一般以每五天的日平均气温稳定在10℃以上的始日划分为春季的开始。立春节气，太阳自南回归线渐渐向北返回，黄河中下游土壤开始解冻，对应立春第一候"东风解冻"，但与气候学上的春季仍然是有差距的。事实上，公历二月的黄河流域仍然处于冬季，而且中国大部分地区仍然是"白雪却嫌春色晚，故穿庭树作飞花"的景象，与立春的含义并不相符，真正进入春季的也只有我国的华南地区。此外，由于春季处于冷暖交替之际，气候多变，忽冷忽热，民间流行的谚语"早春孩儿面，一日两三变""春日乱穿衣"也反映了此时气候的反复变化。

立春节气的气候特点表现为气温回升、风和日暖。虽然北支西风急流的强度和位置基本没有变化，大风降温仍然是主要天气，但东亚大陆的南支西风急流开始减弱，偏南风频数增加，同时伴有明显的气温回升过程。立春之后，全国大部分地区气温开始上升，日照、降雨开始增多，春耕等农业生产活动陆续在全国各地展开。

气候农事

自秦代以来，中国就一直以立春作为春季的开始。古代"四立"指春、夏、秋、冬四季的开始，其农业意义为"春种、夏长、秋收、冬藏"，概括了黄河中下游农业生产与气候的关系。立春节气，人们能够明显地感觉到白昼变长，气温回升，日照和降雨也处于一年中的转折点，有着明显的增加。"立春雨水到，早起晚睡觉"，

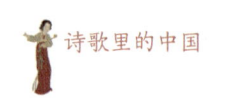

这句流行的农谚就是在提醒人们要安排春耕了。

由于我国幅员辽阔，即便是立春后，全国各地的农事安排也是不一样的。此时，气温回暖，日照充分，降雨充足，正是农作物生长的好时候。西北地区主要是春小麦的整地施肥，冬小麦以防止禽畜为害。在东北地区，地表的土层开始解冻，农民要及时耙地保墒，送粪积肥，继续农田水利水土的保持工作，同时由于气温回暖，各种疫情容易反复，给牲畜防疫也是一项重要工作。在华北地区，农民都积极做好春耕的准备工作，耙地保墒，提高地温，以利于小麦的生长，同时还要积肥运肥、修整农具、治理农田、兴修水利等。南方地区则早已走出寒冬状态，进入桃花盛开的春季，春耕大忙，各种作物也都正逢生长的好时候，农民应及时浇灌追肥，促进作物生长。同时在农业生产活动中，也要考虑到"倒春寒"等恶劣天气，做好农作物防寒、防冻、防雪的准备，减少损失。

民俗文化

节气本是用来指导人们的农事生产的，但在长期的历史发展过程中，对人们的生活也产生了重要的影响，并逐渐衍生出各种各样的民俗文化。立春作为一年的第一个日子，在民间作为节日历史悠久。几千年来，纪念立春日的许多活动被逐渐演化成各种习俗保留了下来，如迎春、打春、剪春花、贴春字、吃春饼、食春菜等。人们以此来欢庆大地回春，劝励农耕，祈求一年的风调雨顺、五谷丰登。

诗歌里的二十四节气

立春作为节气，形成于周代，而立春日的迎春活动则是中国古代先民们每年都要进行的一项重要活动，仪式自然是隆重而浩大的。在中国古代，由于科学技术水平不发达，人们生存的来源就是农业生产，因而上至统治者，下至平民百姓，都十分重视农事活动。落后的生产力水平，让他们对难以预测的天象十分敬畏，并塑造出了各种各样的神明为自己保驾护航，比如春神句芒、秋神蓐收。因此，每逢春耕，人们一定会举行盛大的迎春仪式以娱神、祀神，祈求这一年的丰收。

据《礼记·月令》记载，周朝对于迎接"立春"的仪式是非常重视的："是月也，以立春。先立春三日，大史谒之天子曰：'某日立春，盛德在木。'天子乃齐。立春之日，天子亲帅三公、九卿、诸侯、大夫，以迎春于东郊。还反，赏公卿、诸侯、大夫于朝。命相布德和令，行庆施惠，下及兆民。"也就是每逢立春日，周天子都会亲自率领三公九卿、诸侯大夫、皇亲国戚们去东郊迎春，并举行祭祀仪式，祈求丰收。天子还要进行亲耕仪式，以示对春耕的重视，回来之后，更要赏赐群臣，施惠兆民。这一迎春活动影响到庶民，并逐渐成为后世全民都要参与的一项迎春活动。

东汉时，迎春仪式更加正式，并成为官方重要的礼俗活动。这天除了东郊迎春外，还要祭祀春神句芒，穿上青色的衣服唱《青阳》歌，跳八佾舞《云翘》，迎春成了一个全国性的盛大活动。后世迎春活动的地点也不仅仅局限在东郊，从宫廷内到府衙门前，迎春活动的内容越来越丰富。宋代时，在朝臣之间发展出了一种入朝称贺的迎春形式。吴自牧《梦粱录》载："立春日，宰臣以下，入朝称贺。"到了清代时，迎春活动达到了高潮，还发展出了"拜春"

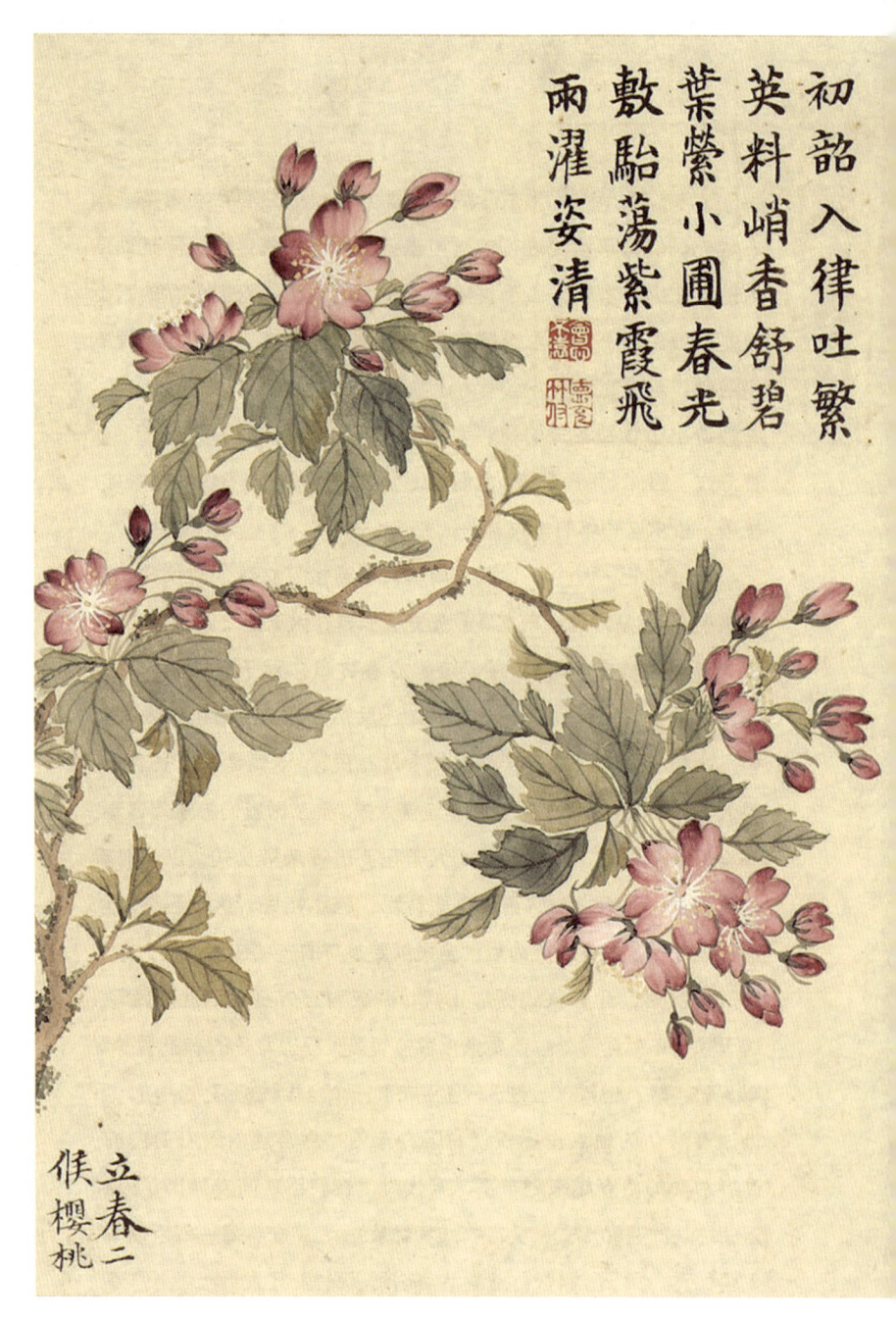

初韶入律吐繁
英料峭香舒碧
葉縈小圃春光
敷駘蕩紫霞飛
雨濯姿清

立春二候 櫻桃

◆清董诰画二十四番花信风

立春一候　迎春
立春二候　樱桃

嫩黄拓繡色鮮
新帶雪凝烟糁
玉塵喜應東風
第一候迎來錦
繡上林春

立春一候
迎春

的习俗："立春日为春朝,士庶交相庆贺,谓之'拜春'。撚粉为丸,祀神供先,其仪亚于岁朝,埒于冬至。"(《清嘉录》)"拜春"的习俗与古时元旦(即今春节)的"拜年"类似,其仪式之盛大仅次于元旦,而与冬至相当。

立春时的活动内容丰富,不同地区的庆祝方式也会有所不同,尤其体现在饮食方面。例如在北方,人们在立春时喜欢吃春饼,咬生萝卜;而在南方,浙江地区的人们喜欢吃春卷,福建等地的人们则喜欢在立春这天吃面条。而且在古代,立春与元旦密不可分,因而在立春时节还融入了不少元旦活动,如拜年等。

除了迎春活动、饮食方面的咬春之外,打春牛也是一项重要活动。打春牛也就是鞭春,也叫"鞭春牛""鞭土牛",在立春这天将泥塑的春牛打碎,以提醒农人,春天到了,要及时播种谷物不违农时,祈愿这一年五谷丰登,国泰民安。

虽然不同时代、不同地域,人们迎春的方式略有差异,但人们对于立春的重视程度却可见一斑。

减字木兰花·己卯儋耳春词

宋·苏轼

春牛春杖①,无限春风来海上。便丐春工,染得桃红似肉红。
春幡春胜②,一阵春风吹酒醒。不似天涯,卷起杨花似雪花。

苏轼,字子瞻、和仲,号铁冠道人、东坡居士,世称苏东坡、苏仙,北宋文学家、书法家、美食家、画家。

诗歌里的中国

主旨

这是苏轼被贬荒远的海南时所作的一首咏春词,但作者却以欢快的笔触描写了海南绚丽的春光,表达了他随遇而安的旷达人生观。

注释

①春牛春杖:春牛,泥牛、土牛。古代农历的十二月出土牛以送寒气,第二年春天再造土牛,有提醒农人、劝诫农耕的意思。春杖,即农夫手持打牛的棍子侍立,有鞭打土牛之意,也被称为打春牛。这两项都是立春的活动和习俗,春牛还有以桑木为骨架做成的,专供打春牛活动所用。还有"打春"的习俗,如:有人扮成句芒神,鞭打土牛。句芒是春神,也就是草木神和生命神,其形象是人面鸟身,执规矩,主春事。浙江地区有在立春前一日抬句芒神出城上山的迎春之举。迎句芒神时还会举行大班鼓吹、抬阁、打牛等活动。这一活动起源较早,《后汉书·礼仪志上》便有相关记载:"立青幡,施土牛耕人于门外,以示兆民,至立夏。"打春牛的活动一直流传下来,盛行于唐宋时期,宋仁宗还为此颁布了《土牛经》,使打春牛活动传播更广。古人重视春耕,这一活动有送寒气、促春耕的意思,因此,打春牛活动也非常隆重,人们会选择一处"好地方"搭春棚,在四周插上彩旗。

②春幡春胜:春幡,即青幡,指旗帜。立春这天农家户户挂春旗,表示春天来了,也有人把剪好的彩旗插在头上或树枝上。春胜,一种剪成图案或文字的剪纸,也叫剪胜、彩胜,表示迎春的意思。春胜、春幡作为一种迎春的活动和习俗,

诗歌里的二十四节气

早已有之。如晋初傅咸的《燕赋》中有："四时代至，敬逆其始。彼应运于东方，乃设燕以迎至。"可见，这时已有剪燕迎春之风俗。到了南朝也有类似活动，《荆楚岁时记》中有"剪彩为燕戴之"的记载。唐朝的剪胜更为丰富，不但有剪燕，还有剪鸡和剪春虫。如李远的《立春日》一诗中便有"钗斜穿彩燕，罗薄剪春虫"。宋朝沿袭了立春剪彩为春幡的习俗，高承在《事物纪原》中记载得很明确："今世或剪彩错缯为幡胜，虽朝廷之制……亦因此相承设之。"宋朝春幡已较为流行，据《锦绣万花谷》记载："立春日，士大夫之家剪纸为小幡，谓之春幡。或悬于佳人之头，或缀于花枝之下；又剪为春蝶、春钱、春胜以为戏。"这里所记载的迎春方式与苏轼词中提到的"春幡春胜"迎春方式基本相同。这种习俗在当时的诗人笔下多有体现，如晏殊《东宫阁》中有"青幡乍帖宜春字，翠旆初迎入律风"。

诗里诗外

林语堂对苏轼的评价是"一个无可救药的乐天派"。正因为如此，他被贬惠州（当时为荒凉之地）时，由于听不懂当地人的语言，倍感无趣。然而没过多久，苏轼便找到了生活的乐趣，还给弟弟写信详述了吃羊脊骨的方法和乐趣。

惠州市井寥落，然犹日杀一羊，不敢与仕者争买，时嘱屠者买其脊骨耳。骨间亦有微肉，熟煮热漉出，不乘热出，则抱水不干。渍酒中，点薄盐炙微燋食之。终日抉剔，得铢两于肯綮之间，意甚喜之，如食蟹螯，率数日辄一食，甚觉有补。子由三年食堂庖，所食刍豢，没齿不得骨，岂复知此味乎？戏书此纸遗之，虽戏语，实可施用也。然此说行，则众狗不悦矣。

虽说每天惠州市场会杀一头羊，但苏轼是被贬之官，不敢与那些当官的争，此外，他囊中羞涩，也无钱争。于是他就隔几天买根脊骨回来吃。

苏轼在信中详细介绍了羊脊骨（大概就是现在的羊蝎子）的做法和吃法，"终日抉剔"方挑出骨头间的小肉，但"意甚喜之，如食蟹螯"。苏轼虽历经磨难，但生活情趣不减，可见其豁达、超然的心态。

苏轼的朋友韩宗儒非常喜欢吃羊肉，但家里太穷，买不起，又不像苏轼那样，一根羊脊骨都能吃得津津有味。苏轼的字当时已经颇有名气，于是，想来想去，韩宗儒决定把苏轼寄给他的信拿去送给达官贵人，以此来换取羊肉。韩宗儒发现此法可行后，就不停地给苏轼写信，用其回信换羊肉，但没多久就被苏轼发现了。有一次，韩宗儒的仆人又来送信，苏轼笑着对仆人说："今日寒食，你家主人吃不到肉了。"

雨水

科普 //

雨水是二十四节气中的第二个节气，也是立春后的第一个节气。此时斗柄指寅，太阳到达黄经 330 度，交节时间点对应的公历日期一般是每年的 2 月 18 日至 20 日中的一天。因气温回升，冰雪消融，降雨增多，故名雨水。

雨水在气候学上有两层含义：一是天气回暖，降水量渐渐增多；二是在降水的形式上，由冬季降雪转变为春季降雨。《月令七十二候集解》中记载："雨水，正月中。天一生水，春始属木，然生木者，必水也，故立春后继之雨水。且东风既解冻，则散而为雨水矣。"《九九歌》有"七九河开，八九雁来"，就是说这时冰雪开始融化，河面逐渐解冻，天气回暖，大雁从南方归来。雨水与谷雨、小雪、大雪一样，都是反映降水情况的节气。

节气三候

中国古代将雨水分为三候："初候，獭祭鱼；二候，鸿雁北；三候，草木萌动。"初候时，冰河解冻，河中的鱼儿自由游动，时而浮上水面，水獭也开始捕鱼了。水獭将捕捉到的鱼摆在岸边，就像陈列的祭品一样。雨水节气五日后，南迁越冬的大雁，因为气候转暖，也成群结队地飞回北方来了。所谓"润物细无声"，经过春雨的滋润，再过五日，草木也开始抽出嫩芽，大地呈现出一片欣欣向荣的景象。

气候特点

雨水时节，正处于数九天"七九河开，八九雁来"的时候，此时冰河自南向北逐渐开化，大部分地区严寒多雪之时已过。由于北半球日照时间和强度的增加，气温回升较快，温暖的东风渐渐吹散北方的冷空气。从气象学上来说，雨水过后，中国大部分地区的气温都回升到了0℃以上。比如，黄淮地区日平均气温在3℃左右，江南地区的日平均气温也在5℃以上了，而华南地区的气温则普遍维持在10℃以上。

雨水节气，也取名于此时的降水量的增加，但这一时期的降水主要还是小雨或毛毛雨。此时，华南地区已然是一派春意盎然的景象，河水潺潺，各种作物都受到雨水的滋润。此时降水量一般为全年的30%左右，雨量充沛。但华北地区仍然受到冷空气的影响，春天风大干燥，雨水较少，降水量一般为全年的 10% 左右，因而常常发生春旱。

气候农事

雨水节气，是全年寒潮过程出现最多的时节之一，气候变化较大。黄河以北地区仍然处于下雪少雨的季节，大多数的日子里天气依然较冷，所以农民们要重视牲畜的管理，预防疫病。所谓"雨水有雨庄稼好，大春小春一片宝"。此时的黄河中下游地区在经过春雨的滋润后，土壤湿润，适宜作物生长，农民主要忙于给麦田除草，追肥灌溉，此外还要关注果树等经济作物的生长，给果树剪枝。而长江中下游地区因为处于南方，天气就要暖和得多了，农民们主要是关注油菜、果树等经济作物的生长管理，同时为春耕做好准备。西南各地的农民也早早做好了春耕生产的准备，开始中耕培土。所谓"麦浇芽，菜浇花"，农民抓紧在麦田追施拔节肥，在油菜地追施薹肥。有些地方则开始种植马铃薯等作物。

雨水时节，油菜、冬麦等越冬作物普遍返青生长，对于水分的需求十分紧迫。所谓"春雨贵如油"，一场恰到好处的降水，有利于促进庄稼的生长，也预示着农民们能有个大丰收。但雨水节气的天气变化不定，降水量并不能准确预测，一旦降水过量，也会出现"春水烂麦根"的现象。因此，农民在做好作物的追肥灌溉的同时，也要及时清沟理墒，为排水防渍做准备。乍暖还寒的天气对于作物的生长也有着重大影响，农民们还要做好作物的防

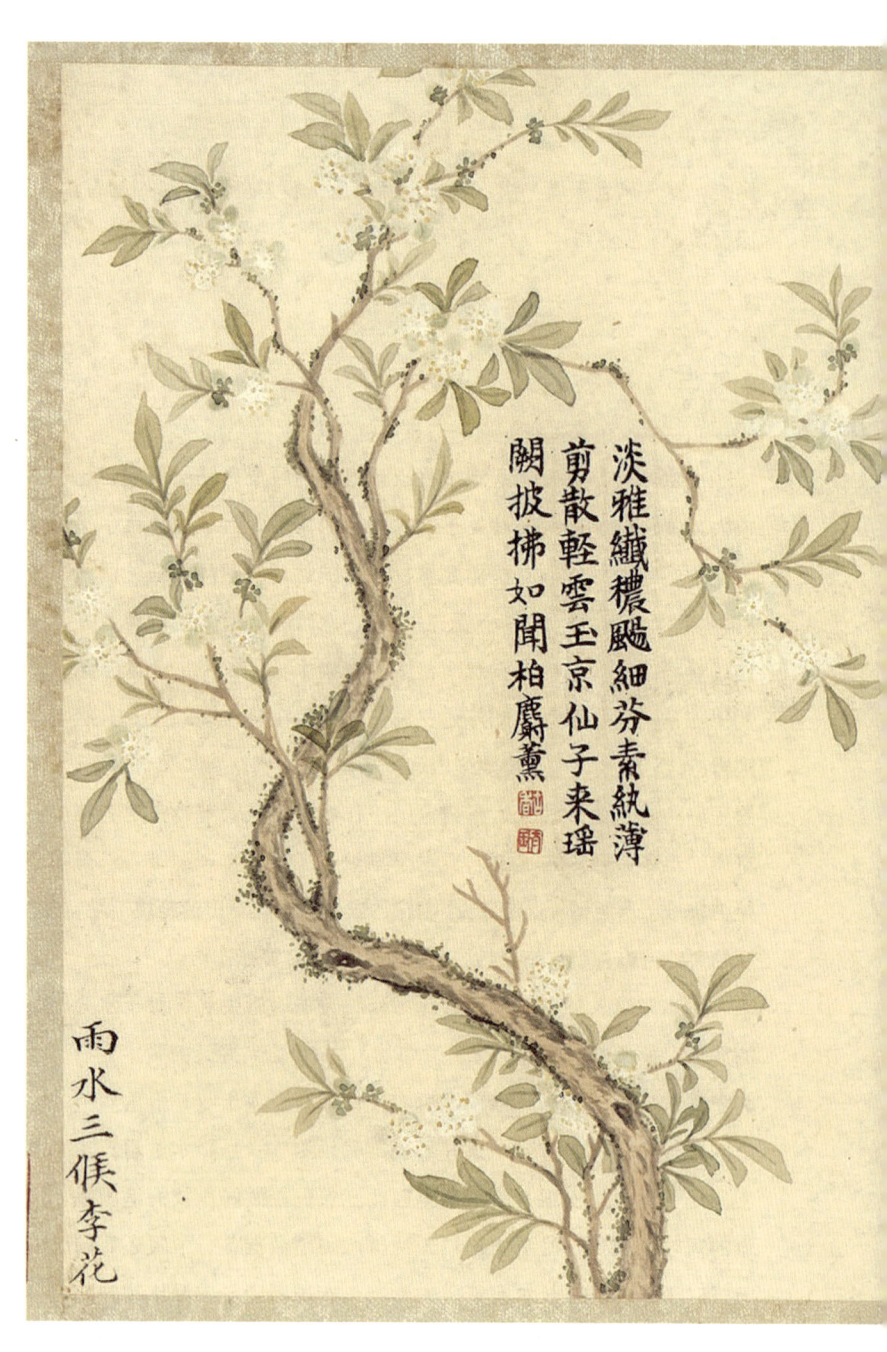

◆清董诰画二十四番花信风

雨水二候　杏花
雨水三候　李花

和颸盪漾敷
花塢紅杏扁
翻錦萼舒好
雨初沾益繁
茂明霞灼爍
浥滋餘

雨水二
候杏花

寒、防冻工作，避免造成损失。

民俗文化

　　雨水节气，对应的农历日期一般在正月十五日前后，而正月十五正好是民间的传统节日"元宵节"。元宵节也称"灯节"，是汉族以及部分少数民族的重要节日，在这一天，人们会挂起各式各样的灯笼、闹花灯、逛灯会、猜灯谜、耍龙灯，男女老少都陶醉在多姿多彩的节日活动中。

　　中国的制灯工艺有着悠久的历史，早在青铜器出现的时候，就有了各种各样精美的灯具。从早期的宫灯到后来的花灯，灯具逐渐成为节日里营造氛围的重要角色。赏灯的活动在中国很多节日中都有，但以正月十五元宵节为最盛。元宵节一般从正月十三日"上灯"开始，十四日为"试灯"，十五日为"正灯"，十八日为"落灯"。雨水节气一般正好在春节的结尾，因而元宵节的前后都十分热闹，节日的庆典也相当隆重，并且在古代皇帝的倡导之下，元宵节的灯会也越办越繁华。

　　《隋书·音乐志》中就有记载元宵节时宏大的场面："每岁正月，万国来朝，留至十五日于端门外，建国门内，绵亘八里，列为戏场，百官起棚夹路，从昏达旦，以纵观之，至晦而罢。"中唐以后，元宵节的灯会活动已经发展成为全民性的狂欢节，活动形式与内容也更加丰富多彩。唐朝时，元宵灯会中增加了杂耍技艺，在当时的京城还可以看到很多带有异域特色的杂耍表演。到了宋代，人们兴起了在灯会里猜灯谜的玩法，《梦粱录》中就记载："商谜者，先用鼓儿贺之，然后聚人猜诗谜、字谜……"人们在张挂的灯笼下附上谜语，供路人猜测赏玩。明代时，又增加了戏曲表演的活动。各式各样的元宵节活动，受到了各个阶层的欢迎，既丰富了活动内容，也渲染了节日氛围。

　　除了元宵节，还有不少民俗活动，比如填仓节。《东京梦华录》中就记载："正月二十五日，人家市牛羊豕肉，恣享竟日。客至苦留，必尽而去，名曰填仓。"填仓节分"小填仓"与"大填仓"，节日期间，人们会大吃大喝，搬运填仓、点灯祀神、祭奠仓官，表达对仓神的感激之情，祈求一年粮丰仓满。此外，不同地区的人们也有着各自的民俗与节日，比如四川部分地区，民间流行在雨水节气时，出嫁的女儿带上礼物回娘家拜望父母，称"回娘屋"；父母在这一天还会给孩子认干爹干妈，称为"拉保保"。一些少数民族也有着自己庆祝雨水节气的习俗。

诗歌里的中国

咏廿四气诗·雨水正月中

唐·元稹

雨水洗春容，平田已见龙。
祭鱼①盈浦屿，归雁②过山峰。
云色轻还重，风光淡又浓。
向春入二月，花色影重重。

元稹，字微之，别字威明，唐朝大臣、文学家，主要作品有《元氏长庆集》《莺莺传》。

诗歌里的二十四节气

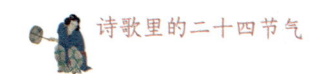

主旨

该诗通过写春雨、归雁、云色、花影等景物，描绘出了雨水时节如诗如画的绝美风光。

注释

①祭鱼：雨水节气三候之"初候，獭祭鱼"。《礼记·王制》："獭取鲤于水裔，四方陈之，进而弗食，世谓之祭鱼。"陆游《子通读书常至夜分作此示之》有"夜灯咏史虫吟草，朝几陈书獭祭鱼"之句。孟浩然《早发渔浦潭》有"饮水畏惊猿，祭鱼时见獭"之句。雨水之后，天气转暖，冬季潜于水底的鱼开始游动，这时的鱼腹中无籽且非常鲜美，正是捕捞的好时节。古人一般不提倡鱼腹中有籽时对其进行捕捞，谚语有云："劝君莫打三春鸟，子在巢中盼母归；劝君莫食三月鲫，万千鱼籽在腹中。"

②归雁：归来的大雁，指春天变暖，秋天飞到南方过冬的大雁再飞回来。苏轼《莘老葺天庆观小园有亭北向道士山宗说乞名与》云："春风欲动北风微，归雁亭边送雁归。"陆游《病中简仲弥性唐克明苏训直》云："心如泽国春归雁，身是云堂旦过僧。"大雁被古代文人赋予了太多的意象。鸿雁传书，传的是书，寄的是情。大雁也是情感专一的象征，《神雕侠侣》中李莫愁念念不忘的"问世间，情是何物，直教生死相许"，便出自元好问的一首《雁丘词》。这首词的创作缘起是，作者去并州参加科考，道遇捕雁者云："今旦获一雁，杀之矣。其脱网者悲鸣不能去，竟自投于地而死。"元好问感其忠诚，因买葬之，垒

石为识,号曰"雁丘"。

诗里诗外

　　元稹在诗文方面均留下了值得称颂的作品,这些作品与他的个人经历有着密切的关系。在诗歌方面,大家所熟知的"曾经沧海难为水,除却巫山不是云。取次花丛懒回顾,半缘修道半缘君",就是元稹所写的《离思》中的一首。这首诗是用来悼念亡妻韦丛的,表达了对妻子的思念和痴情。但值得注意的是,在妻子过世的这一年——元和四年(809),元稹在奉命出使蜀地时与才女薛涛相识,后来还产生了一段热烈的感情。薛涛大元稹十一岁,而且是一名歌伎,为了前途考虑,元稹最终没有娶薛涛,而是在妻子亡故不到两年就在江陵府纳了妾。

　　元稹的诗文之所以感人,也许与他是一个性情中人不可分割,他爱得炽烈但又足够理性。鲁迅先生在《中国小说史略》中说:"元稹以张生自寓,述其亲历之境。"唐传奇《莺莺传》便是元稹以自身为原型创作的一个悲剧故事。崔莺莺的原型是元稹的一个远房亲戚,元稹曾在普救寺救过她。"莺莺"对年少英俊的元稹由好感逐渐产生爱意,元稹对才貌双全的"莺莺"也是爱慕有加。于是在"红娘"的帮助下,二人私定终身。元稹离开时自然是万分不舍,百般承诺,答应一定会去找她。然而后来为了仕途,元稹还是违背了誓言,娶了权贵韦夏卿之女韦丛。因此,注定了"莺莺"只能是一个悲剧。

惊蛰

科普 //

  惊蛰，是立春后的第二个节气，也是二十四节气中的第三个节气，象征着仲春时节的来临。惊蛰反映的是自然生物受节律变化的影响而出现萌发生长的现象，所谓"蛰"，指的是动物们在冬天蛰居在洞穴中不食不动的一种状态。而惊蛰，《月令七十二候集解》中的解释是："惊蛰，二月节。……万物出乎震，震为雷，故曰惊蛰。是蛰虫惊而出走矣。"意思是说春雷惊动了蛰居洞穴中的虫子，使得它们从冬眠中醒来，走出洞穴，开始活动。但事实上，冬眠的虫子们"惊而出走"的原因是天气回暖，而非春雷始震。

  惊蛰的起源据说与雷神有关，古代由于对自然界缺乏认识，便衍生出了很多浪漫的神话故事来解释自然现象。人们最初对"轰隆隆"的雷声是害怕的，于是认为雷神长相可怖，据《搜神记》记载："色如丹，目如镜，毛角长三尺余，状如六畜，头如猕猴。"可谓青面獠牙红发，长相为六畜（马、牛、羊、鸡、狗、猪）的综合体，看起来又像猕猴。而《山海经》则说雷神居于雷泽中，龙身人头，拍打腹部就会发出雷声。人们认为雷神脾气暴躁，在惊蛰的时候使劲儿拍打肚子，就惊醒沉睡了一冬的虫兽，同时也为了警醒人间不孝的子女。

实际上，从天文学来讲，斗柄指甲为惊蛰，此时太阳到达黄经345度，交节时间点对应着公历的3月5日至7日中的一天。从这一节气开始，气温回升加快，春季特征明显，除了植物的生长，动物们也活跃起来，仿佛惊蛰就是启动这一切的号令，惊蛰一到，万物惊醒。因而这一节气曾被叫作"启蛰"，《夏小正》曰："正月启蛰。"汉朝时期，因避讳汉景帝名字中的"启"字，故改为与之意思相近的"惊"字。唐代时，无须避讳"启"字，再次使用"启蛰"，但由于使用习惯的原因，《大衍历》中又再次改成了"惊蛰"，并一直沿用至今。"启蛰"这一名称，在日本一直被使用。

节气三候

中国古代将惊蛰分为三候："初候，桃始华；二候，仓庚鸣；三候，鹰化为鸠。"惊蛰时节，仲春开始。初候的五天里，大地回春，万物生发，在严冬里蛰伏的桃花的花芽开始盛开。五日后，仓庚，即黄鹂鸟，因为感受到春天的气息，也走到枝头开始活动，用美妙的歌声迎接春天。再五日，由于温暖的气候，动物纷纷开始繁育，翱翔天际的雄鹰悄悄地躲起来繁衍后代，原本蛰伏的鸠也开始鸣叫着求偶。"鹰化为鸠"表现的其实是古人们对于鹰和鸠繁育途径的误解，由于二者的繁育特点不同，每逢惊蛰时节，人们没有看到鹰，反而发现周围的鸠多了起来，便误以为是鹰化为了鸠。甚至在古人眼中，如果惊蛰时节，雄鹰没有化为鸠，就预示着贼寇会屡屡出现，危害民间。

气候特点

惊蛰标志着仲春卯月的开始，其特点表现为阳气上升、气温回暖、春雷乍动、雨水增多、万物生机盎然。惊蛰时节正好处于"冬九九"结束，全国范围内的气温回升迅速，除了东北、西北地区仍然还是一片冬日景象外，中国大部分地区早已呈现一片春意盎然的光景了。此时，华北地区日平均气温在3～6℃，江南地区的日平均气温也达到了8℃以上，而西南和华南地区气温已经达到了15℃左右。

由于大地湿度渐渐升高，地面热气的上升，北上的湿热空气势力较强且活动频繁，因而惊蛰前后，南方大部分地区都能听到雷声，长江流域也已经渐有春雷。所谓"春雷响，万物长"，这时候出现的电闪雷鸣现象，常伴随着雷雨的发生，也预示着这一年的丰收。雷雨过后，种子纷纷出芽，尤其是豆苗等作物更是长势喜人。但惊蛰期间，雨量的增多却是有限的。华南中部和西北部的降雨总量仅在10毫米左右，再加上常年冬干，春旱常常开始露头。

此外，由于我国地域辽阔，各地气候差异较大。惊蛰时节"春雷始动"的说法更加适用于我国的长江流域，有些地区要到清明节的第二候才有打雷现象，比如我国北方的初雷日一般要到4月

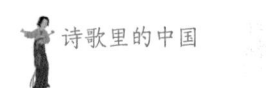

下旬。但是，惊蛰节气代表着寒冷的季节已经离人远去，不论是听到春雷的地方，还是没有听到春雷的地方，农民们都已经开始忙碌着备耕、春耕、春播了。

气候农事

惊蛰节气，我国大部分地区都进入了春忙时期。所谓"过了惊蛰节，春耕不停歇"，此时的农村出现了一片"赶马牵牛耕作忙"的景象。惊蛰时的主要劳作是春翻、施肥、灭虫、造林，同时还要做好防旱、防冻工作。比如，此时的华北地区，冬小麦已经开始返青生长，但土壤仍然处于冻融交替的状态，因此需要及时翻土耙地。而南方的冬小麦则已经拔节孕穗，油菜也开始开花，对水分和肥料的需求较多，因此需要及时灌溉，适时追肥。同时，温暖的气候条件十分有利于病虫害的发生和蔓延，田间杂草也生长茂盛，因此要及时驱虫灭害，清除杂草，保障农作物的正常生长，并且对于家畜家禽的防疫工作也要重视。

惊蛰时节，虽然天气变暖，但是防倒春寒的工作依然不能松懈，所谓"惊蛰吹起土，倒冷四十五""惊蛰吹吹风，冷到五月中"，如果忽视了农作物的防冻工作，就很容易遭受损失。这一时期的植树造林工作也要结合气候特点，勤于灌溉、防治病虫害、做好防冻，提高树苗的存活率。

诗歌里的二十四节气

民俗文化

在惊蛰前后，我国北方地区有"二月二，龙抬头"之俗。南方地区的"二月二"则又与"土地诞"重叠，除了龙抬头的习俗，还有祭社的习俗。龙抬头是我国民间的传统节日，又称"春耕节""农事节""春龙节"。在农耕文化中，农历二月初二是龙抬头的日子，标志着从此以后阳气生发，雨水逐渐增多，预兆着本年的丰收。"龙"指的是二十八星宿中的东方青龙七宿星象。每岁仲春卯月，黄昏时，角宿（代表龙角）开始从东方地平线上显现；大约一个钟头后，亢宿（代表龙的咽喉）升至地平线以上；接近子夜时分，氐宿（代表龙爪）也出现了。这个过程称"龙抬头"。

相传此节起源于伏羲氏时期，伏羲氏"重农桑，务耕田"，每年的二月二这一天，"皇娘送饭，御驾亲耕"。后来黄帝、唐尧、夏禹等纷纷效法先王。到了周代时，每逢二月初二这一天，周天子都要举行盛大的仪式，让文武百官都亲耕一亩三分地。元代时，这一节日才正式被官方确立，在文献上也明确将二月二称为"龙抬头"。古代帝王们如此重视"龙抬头"，也有劝农劝耕之意。而人们之所以过"龙抬头"，主要还是为了祈求龙王降雨和驱逐虫害，以保证庄稼丰收。一方面，龙在古代神话中是生活在大海中的神物，司行云布雨，人们在二月初二这天祭祀龙王，以祈求风调雨顺、五谷丰登。另一方面，龙被人们视为百虫之王，在"春雷惊百虫"之时，龙也是最先醒来的，用以镇住那些醒来后可能为害的毒虫、害虫，以祈消灾赐福、人畜平安。

诗歌里的中国

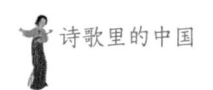

龙抬头还有不少习俗，比如围粮囤、引田龙、敲房梁、理发、煎焖子、吃猪头肉、吃面条、吃水饺、吃糖豆、吃煎饼、忌动针线等。《帝京景物略》就有记载："二月二日'龙抬头'，煎元旦祭余饼，熏床炕，曰'熏虫儿'，谓引龙，虫不出也。"明代刘若愚的《酌中志》也有记载："二月二日，各宫门前撤出所安彩妆，各家用黍面枣糕，以油煎之，或白面和稀摊为煎饼，名曰'熏虫'。"古时人们为了减少虫害，还有在惊蛰吃"炒惊蛰"的习俗。"炒惊蛰"就是炒黄豆或麦粒，人们边炒边要不停地说："炒炒炒，炒去黄蚁爪；春春春，春死黄蚁公。"《燕京岁时记》中也有载："二月二日，古之中和节也。今人呼为龙抬头。是日食饼者谓之龙鳞饼，食面者谓之龙须面。闺中停止针线，恐伤龙目也。"

惊蛰节气的习俗与龙抬头的习俗很多都是名异实同。例如龙抬头的熏虫：春雷始动，唤醒了各类蛇虫鼠蚁，人们在这一天熏香驱赶蛇虫鼠蚁和霉味，久而久之就演变成了不顺心者拍打对头人和驱赶霉运的习惯，也就是惊蛰节气里的"打小人"。再有，龙抬头这天要祭祀龙王，这在惊蛰期间是大事，而民间认为龙虎相斗，白虎会在龙抬头时搬弄是非，甚至开口噬人。因此民间还有"祭白虎"的习俗，以祈化解是非，让人全年不遭小人算计。此外，惊蛰节气还有各式各样的习俗，比如山东民间会在惊蛰时烙煎饼，山西民间有吃梨的习俗，陕西民间吃炒豆子等。

诗歌里的二十四节气

闻雷

唐·白居易

瘴地风霜早,温天气候催。
穷冬不见雪,正月已闻雷。
震蛰虫蛇出①,惊枯草木开②。
空余客方寸,依旧似寒灰。

白居易,字乐天,号香山居士,又号醉吟先生。唐朝现实主义诗人,新乐府运动的主要倡导者,其诗歌题材广泛,对后世产生了深远的影响。

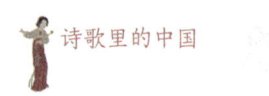

主旨

这首诗是作者被贬于九江时所写,通过对自然复苏的描写,来抒发何时才能结束贬谪生涯的感叹。

注释

①震蛰虫蛇出:春雷响起,沉睡了一冬的虫蛇惊而出洞。《周易》有"震为雷"之说,指惊蛰雷动,万物复苏。《月令七十二候集解》曰:"万物出乎震,震为雷,故曰惊蛰,是蛰虫惊而出走矣。"农谚有:"惊蛰节到闻雷声,震醒蛰伏越冬虫。"
②惊枯草木开:惊蛰时节,春雷动,万物复苏,草木始发。陶渊明有诗:"众蛰各潜骇,草木纵横舒。"

诗里诗外

白居易作为妇孺皆知的诗人,曾被贬江州(今江西省九江市),被贬理由为越职言事。当时宰相遇刺身亡,白居易就上书主张严缉凶手。后来又因母亲看花时不慎坠井而亡,白居易却写了关于赏花的诗,被认为不孝,故被贬至江州。江州在当时被认为是环境恶劣之地,正如《闻雷》中所说"瘴地风霜早",瘴地指瘴气之地。白居易在诗中多次提及,《不准拟二首》:"忆昔谪居炎瘴地,巴猿引哭虎随行。"《浔阳宴别》:"共嗟炎瘴地,尽室得生还。"可见,作者在此过得并不开心。白居易在《琵琶行》的序中说自己被贬为九江郡司马,有感于琵琶女的不幸,写下长诗赠予。其中一句"座中泣下谁最多?江州司马青衫湿",也因此,江州司马为大家所熟知。

白居易还有一件轶事是为自己写墓志铭。一般来说,唐朝诗人多请好友或比自己名气大的人写墓志铭。比如杜甫死后,元稹为其写墓志铭;元稹死后,作为好友,白居易自然为其写了墓志铭。白居易一开始并不想让别人为他写墓志铭,于是自己写了一篇《醉吟先生墓志铭》,文中不但讲述了自己的生平,还交代了身后事:"我殁,当敛以衣一袭,以车一乘,无用卤薄葬,无以血食祭,无请太常谥,无建神道碑。但于墓前立一石,刻吾《醉吟先生传》一本可矣。"就是要求死后薄葬,在墓碑上刻上自己写的《醉吟先生传》。给自己写墓志铭也无可非议,关键是他遇到李商隐之后,毅然放弃了自己写的墓志铭,恳请作为晚辈的李商隐为自己撰写墓志铭。

春分

科普 //

春分是二十四节气中的第四个节气,也是最早被使用的节气之一,因此历史悠久。早在春秋时期,人们就已经利用土圭观测日影的方法,确定出了冬至和夏至,并将冬至和夏至之间圭影长短和一半的一天确定为春分。斗柄指卯为春分,春分日,太阳到达黄经0度,交节时间点对应的公历时间为每年的3月19日至22日中的一天,此时南北半球昼夜平分。春分之后,太阳直射地球的位置继续北移,北半球开始昼长夜短,因此在古代,春分也被称为"日中""日夜分""仲春之月"。

春分是一个非常古老的节气,《尚书·尧典》将其称为"日中"。周王室有专门掌管天象的日官,地位较高。日官利用土圭测量日影,通过观察日影,寻找日月运行的规律。春秋时期,人们已会利用土圭测量日影的方法来确定二分、二至这四个节气。春分这个节气有两层含义:一是指将一天时间等分,白天和黑夜都是 12 个小时,该日太阳直射赤道,地球上各地昼夜时间几乎相等。《明史·历一》中记载:"分者,黄赤相交之点,太阳行至此,乃昼夜平分。"二是指古时候将立春到立夏确定为春季,而春分正好在春季的中间,平分了春季。也就是《月令七十二候集解》中所记载的:"春分,二月中。分者,半也。此当九十日之半,故谓之分。"另外,西汉董仲舒在《春秋繁露·阴阳出入上下篇》中说:"至于仲春之月,阳在正东,阴在正西,谓之春分。春分者,阴阳相半也,故昼夜均而寒暑平。"春分之后,日落渐晚,方位逐渐向西北偏移,白日渐长,黑夜渐短。

节气三候

中国古代将春分分为三候:"初候,玄鸟至;二候,雷乃发声;三候,始电。"玄鸟,即燕子,它们"春分而来,秋分而去",在春分日后,北方的天气变暖,因此在南方越冬的燕子就从南方飞回来了。在人们眼中,春燕也成了春天的使者,它们衔草含泥筑巢,象征着春天的到来。五日后,随着气温的快速回升,降雨逐渐多了起来,下雨时伴随着阵阵雷声。古人认为,雷是因为春天阳气盛而发声,所谓"春雷不响,雨水不畅",只有春雷越响,雨水越充沛,才有利于农作物的生长。再五日,由于雨量增多,遍地春雷,闪电开始出现了,人们常常可以看见凌空劈下的闪电。此外,在古人眼中,如果春雷不响,则预示着诸侯国会失掉百姓;如果不出现闪电,则说明君王没有威严。

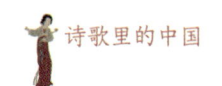

气候特点

春分一到，气候温和，雨水充沛，我国平均气温才达到气候学上所定义的春季温度。此时，除了全年皆冬的高寒山区和北纬45度以北的地区，全国平均气温已稳定达到0℃以上，华北地区、黄淮平原以及江南地区，日平均气温也达到10℃以上，已经进入温暖的春季。此时，中国大部分地区气温大幅度回升，冻土层已完全融化，土壤的透气性良好，十分适宜农作物的生长。

春分时节，正是"九九加一九，耕牛遍地走"的时候。按照现代农业科学的研究，当日平均气温在0℃以上时，便进入了农耕期，适宜播种；当日平均气温稳定在10℃以上时，便进入了积极生长期，此时各类农作物都进入了积极生长阶段。

气候农事

春分时节，我国大部分地区已经处于农耕期的末期和农作物积极生长期。此时，北方地区小麦茁壮生长，正在拔节，有"春分麦起身，一刻值千金"的说法。因为春季风多且风大，土壤容易跑墒，这时农民一定要及时施好拔节肥、浇好拔节水。尤其是东北、华北和西北广大地区，由于降水依然较少，还需做好抗御春旱的准备，并注意防御晚霜冻害。春分时节，我国南方地区早已是一派繁荣春景，越冬作物普遍进入了春季生长阶段，温暖的

诗歌里的二十四节气

气候和适宜的降水也十分有利于水稻、玉米等作物的播种。西南地区，除了要做好播种工作外，还需做好冬小麦、油菜的追肥和灌溉，以及病虫害的防治工作。华南地区，由于春分前后常常有冷空气入侵，造成持续的低温阴雨天气，所谓"春分前后怕春霜，一见春霜麦苗伤"，此时一定要注意天气的变化，做好小麦防冻工作。此外，依据气候规律，春分过后，江南地区的降水将继续增多，进入春季的"桃花汛"期，因此，南方的农业生产仍需要做好排涝防渍工作。

此外，春分时节也是植树造林的绝佳时期。所谓"节令到春分，栽树要抓紧。春分栽不妥，再栽难成活"。这一时期气候温暖、降水增多，十分有利于树苗的存活，因此，农民也要抓住时机，积极栽种。

民俗文化

春分除了作为二十四节气中一个提示农时的节气外，还是一个独立的传统节日。古代的统治者十分重视春分这一天。早在周朝时，就有了春分祭日的仪式，《礼记》载："春分时'祭日于坛'，此俗历代相传。"《管子》中就记载了春分日天子立坛祭日的活动。春分这一天，天子要穿着青色礼服，戴青色冠冕，插玉笏，配玉鉴，与皇亲贵族及大臣们一起，从都城向东四十六里，立坛祭祀春分的太阳。同时，天子还会在春分这一日颁布一系列的春政。清代春分前后，宫中还有专门的大臣主持致祭事宜。《帝京岁时纪胜》

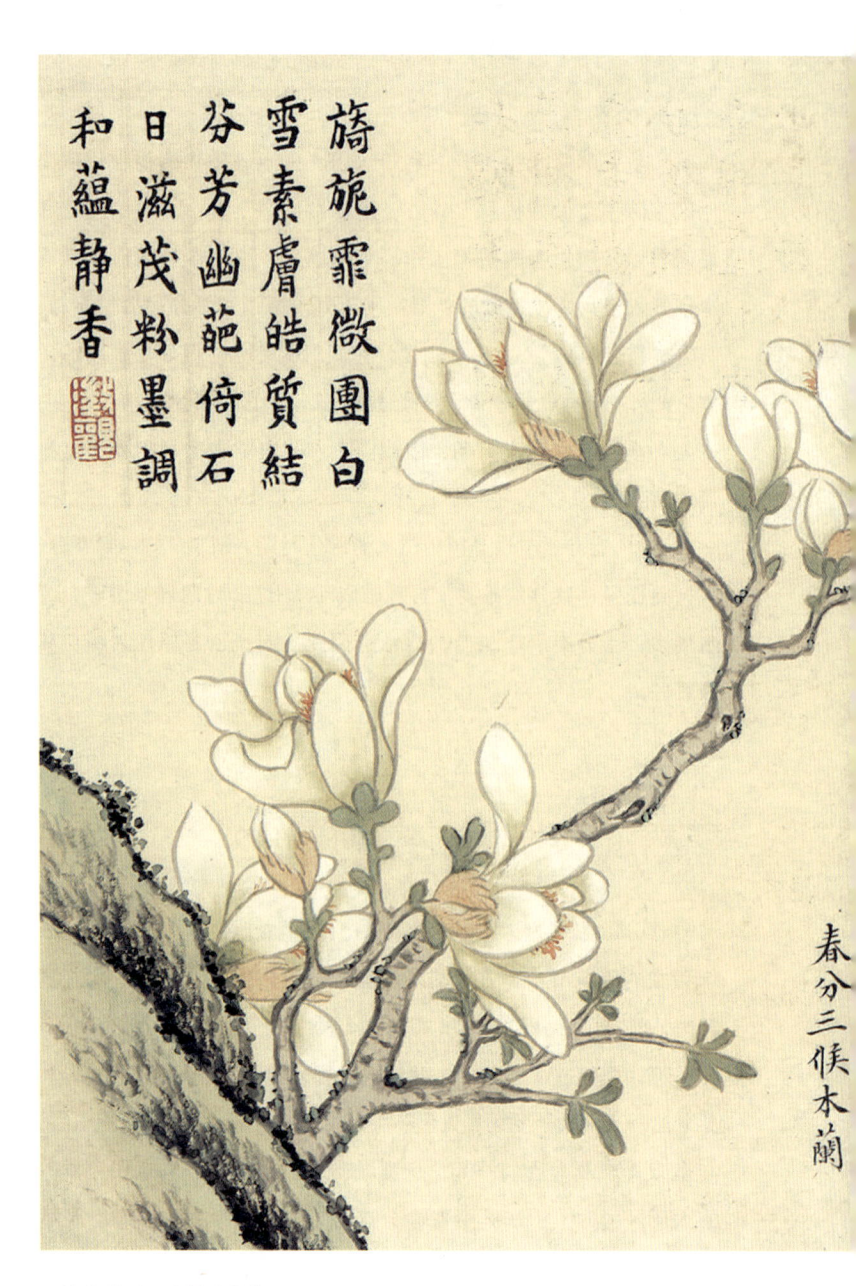

旖旎霏微团白
雪素肤皓质结
芬芳幽葩倚石
日滋茂粉墨调
和蕴静香

◆清董诰画二十四番花信风

春分二候　梨花
春分三候　木兰

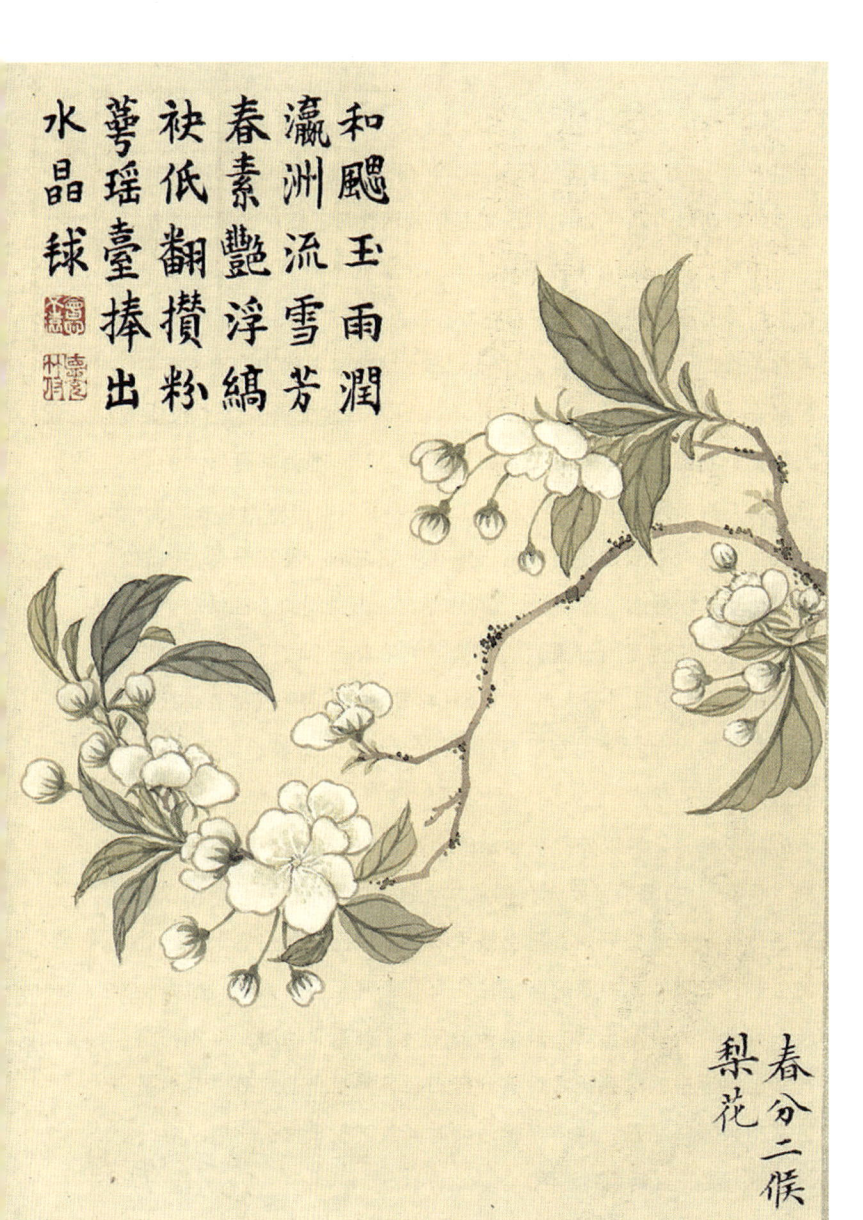

和飆玉雨潤
瀛洲流雪芳
春素艷浮縞
袂低翻攢粉
萼瑤臺捧出
水晶銶

春分二候
梨花

中就记载："春分祭日，秋分祭月，乃国之大典，士民不得擅祀。"如今北京朝阳门外东南的日坛，就是明清两代帝王祭祀太阳的地方。

当然，民间也有各种祭祀活动，这里就不得不提到春社。古代人们将立春后的第五个戊日叫"社日"，在这一天，人们会举办各种各样的活动祭祀社神。社神又称土地神，古代人们会在春社日祭祀土地神，以祈求农业的丰收。因为古代生产力水平较低，先民们都是靠天吃饭，因此，每逢春耕之时，都会举行盛大的祭祀活动，祈求天地诸神的保佑，这一年能够风调雨顺，五谷丰登。并且，与春社对应的还有秋社，即在秋收之后，再次举行盛大的祭祀活动，以感谢"天""地"的恩赐。中国民间的春社活动，对于广大农民来说是十分重大的事情，关乎着一个村子这一年的丰收情况，往往是以村子为单位，全村共同举办，因而又称"村社"。陆游在《游山西村》中写了春社热闹的场景："箫鼓追随春社近，衣冠简朴古风存。"

除了祭祀天地以外，在春分日这天，家家户户还要扫墓祭祖，称"春祭"。扫墓前，要先在祠堂举行隆重的祭祖仪式。祭祖仪式从杀猪、宰羊献祭开始，再由鼓手吹奏乐曲，由礼生念祭文，并带引着行三献礼。扫墓的队伍往往有几百甚至上千人，一般是全族人或全村人一起出动，规模十分庞大。扫墓开始时，首先扫祭开基祖和远祖的坟墓，之后再分房扫祭各房祖先的坟墓，最后是各家扫祭家庭私墓。这一祭祀活动时间长，规模大，一般从春分日开始，要一直延续到清明。

春分日有立蛋的习俗，立蛋也称竖蛋，俗语有"春分到，蛋儿俏"。立蛋一般选择刚生下四五天的新鲜鸡蛋，小心翼翼地将其

诗歌里的二十四节气

在桌子上竖起来。据说春分这天容易将蛋立起来也有一定的科学道理，春分这天，地球地轴与地球绕太阳公转的轨道平面处于一种力的相对平衡状态。

除了一系列的祭祀活动，在春分日这一天，民间还有各种有意思的民俗，比如吃春菜、送春牛图、粘雀子嘴、踏青、放风筝等。各式各样的民俗活动，使得繁忙的春耕时节更加热闹，也象征着一年的新生活的开启。

春分

唐·刘长卿

日月阳阴两均天,玄鸟①不辞桃花寒。
从来今日竖鸡子,川上良人②放纸鸢。

刘长卿,字文房,官终随州刺史,世称刘随州。刘长卿工诗,长于五言诗,自称"五言长城"。

诗歌里的二十四节气

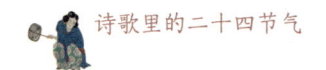

主旨

这首诗描写了春分时的景象和竖蛋、放风筝的习俗活动。

注释

①玄鸟：指燕子。燕子被称为商朝的始祖，《诗经·商颂》："天命玄鸟，降而生商，宅殷土芒芒。"《殷本纪》："简狄行浴，见玄鸟堕其卵，简狄取吞之，因孕生契。"古时将春分分为三候："初候，玄鸟至；二候，雷乃发声；三候，始电。"也就是说春分时，燕子从南方飞回了。

②良人：古时常被用作夫妻间的尊称，后多用于妻子对丈夫的称呼，这里指平民百姓。《诗经·秦风·小戎》："厌厌良人，秩秩德音。"李白《子夜吴歌》："秋风吹不尽，总是玉关情。何日平胡虏，良人罢远征？"这里的良人是女子对丈夫的称呼。白居易《道州民》："父兄子弟始相保，从此得作良人身。"这里的良人就是指平民百姓。

诗里诗外

刘长卿虽出身官宦人家，但多次参加科举考试都没有考中，后终于考中进士，却又两度遭贬。也许与其经历有关，刘长卿的诗多写幽寒孤寂之境、荒村水乡之景，如"日暮苍山远，天寒白屋贫。柴门闻犬吠,风雪夜归人"。由于诗中常出现荒凉景象,"寒灯映虚牖,暮雪掩闲扉"、"江南海北长相忆,浅水深山独掩扉"(掩扉即闭门之意),因此,刘长卿也被称为"闭门诗人"。

　　这首《春分》与刘长卿一贯的格调不同,写春天燕子归来,桃花初开,人们在河边放风筝的美好景象。

清明

科普 //

  清明是二十四节气中的第五个节气，取天地清明之义。此时斗柄指乙，太阳到达黄经15度，《淮南子·天文训》曰："春分后十五日，斗指乙，则清明风至。"清明在农历三月，所以又称"三月节"，是一个反映物候的节气，交节时间点对应的公历日期一般在4月4日至6日中的一天。《月令七十二候集解》中载："清明，三月节。……物至此时皆以洁齐而清明矣。"因而到了清明时节，气温上升，生气始盛，天气清净明朗，万物欣欣向荣。《岁时百问》中载："万物生长此时，皆清洁而明净。故谓之清明。"清明既是二十四节气之一，也是我国的传统节日。

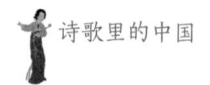

节气三候

中国古代将清明分为三候:"初候,桐始华;二候,田鼠化为鴽,牡丹华;三候,虹始见。"在清明的第一个五天里,可以看见桐树开花。在我国黄河流域,桐树通常指的是泡桐树,泡桐树开出的是淡紫色的花,香气沁人心脾,不早不晚,恰赶上了清明时节。桐树在中国文化中具有吉祥的意义,人们认为如果桐树不开花,则当年必有大寒,这一物候也是对未来天气的预知。再过五日,喜阴的田鼠因为天气转暖,阳气日盛而躲回洞穴之内,而喜阳的鴽鸟却开始出来活动了。鴽在古书上指鹌鹑类的小鸟。人们看到田鼠消失不见,而鴽鸟却多了起来,误以为是田鼠转化为了鴽鸟。"田鼠化为鴽"也说明清明时节阴气潜藏而阳气渐盛。接着,牡丹也开花了。到了第三个五天时,就可以在雨后的天空看到彩虹出现。"虹,音洪,阴阳交会之气,纯阴纯阳则无,若云薄漏日,日穿雨影,则虹见。"清明时节雨水较多,雨后的空气中水汽含量较高,在阳光的照耀下折射出美丽的彩虹。彩虹的出现,标志着时间进入了春季的最后一个月——季春。

气候特点

到了清明时,就进入了春季的最后一个月,这个时候,除了东北与西北地区外,全国大部分地区的日平均气温都已经达到了

12℃以上。北方地区气温回升较快,降水相对较少,干燥多风,因而以沙尘天气居多。江淮地区,冷暖变化较大,伴随着雷雨天气,导致降水增多,气温时有下降。而此时的江南地区,正是一片"清明时节雨纷纷"的景象,气温升高,降水充沛,非常适合农作物的生长,中国许多地区开启了大面积的播种期。

需要注意的是,清明虽然已经是季春时节,气温普遍升高,但天气情况仍然变化不定,时不时会有寒潮过程出现。尤其是北方地区,乍暖还寒的天气对小麦、林、果等的生长影响较大。因而,在繁忙的农事中,农民仍然需要把握农时,抓住"冷尾暖头"的天气,抢晴播种。

气候农事

清明时节的气温和雨量十分适合春耕春种,因而在农事的安排上,清明是一个关键期。对于许多越冬作物来说,此时正是生长的旺盛时期,比如,此时黄淮以南的小麦即将孕穗,金灿灿的油菜花也已经开放,东北与西北地区的小麦则进入了拔节期。所谓"清明前后,种瓜点豆",对于瓜、豆等农作物来说,清明正是播种的好时节,农民需抓紧时机,及时播种。而华中地区,由于天气回暖,气温已经达到12℃以上,因此,棉花的种植也要及时安排,正所谓"清明前,好种棉"。清明大面积的作物耕种对于雨量的需求十分大,因此要做好保墒,保证作物用水的供应,同时针对清明期间时有寒潮出现的情况,还应做好防寒、防冻的工作。

　　清明温暖的气候与充沛的雨水，能极大地提高树苗的存活率，因此"植树造林，莫过清明"，农民除了田间地头的耕作，还应积极植树造林。"梨花风起正清明"，这个时候正是各种果树的授粉期，盛开的花儿吸引来蜂蝶，果农此时也要做好人工辅助授粉的工作，提高坐果率。在南方的山坡上，茶树进入了抽芽期，此刻要做好茶树的病虫防治工作；已经开始采茶的区域，则要做好科学采摘工作，以确保新茶的品质与产量。

民俗文化

　　在二十四节气中，清明是唯一一个既是节气又是节日的节气。清明节又称"踏青节""行清节""三月节""祭祖节""冥节"，处于仲春与暮春之交，是中华民族古老的节日之一。中国传统的清明节始于周代，距今已经有两千五百多年的历史了。

　　古代在清明节的前两日或一日还有一个节日，即"寒食节"。《荆楚岁时记》记载："去冬节一百五日，即有疾风甚雨，谓之寒食。禁火三日，造饧大麦粥。"这一天，家家户户禁止生火，只吃现成的食物，因而称"寒食"。寒食节本是远古人在春天"改火"形成的习俗。"改火"是指每年将使用了一年的火种熄灭，重燃新火以图吉利。后来民间演变成了纪念晋国名臣介子推。春秋时期，晋国公子重耳与介子推流亡列国，公子重耳饥饿时，介子推割下自己大腿上的肉供公子重耳食用。后重耳回到晋国成为晋文公，封赏时却忘记了介子推。介子推也不求功名利禄，与母亲隐居绵山。经过旁人的提醒，晋文公意识到自己的错误，便焚山以逼介子推下山。结果，介子推宁可与母亲一起被烧死也不肯下山受封，晋文公因此懊悔不已，为纪念介子推，便下令将这一天定为寒食节，规定所有人家都不得生火，只能吃冷食。

寒食节在古代是一个重大的节日。汉代时，人们称寒食节为"禁烟节"，这一天百姓家里不得举火，到了晚上才由宫中点燃烛火，并将火种传至王侯大臣家里。山西民间在"禁烟节"期间还会禁火一个月表示纪念。

唐代时，寒食节还盛行扫墓，以悼念故去的先祖。为此，朝廷还特意规定了假日，方便官员们祭祖。开元年间，朝廷规定寒食、清明放假四天。到了贞元年间，寒食、清明的假期增加到七天。宋代时，寒食节也放假七天。北宋《文昌杂录》中就记载："祠部休假，岁凡七十有六日。元日、寒食、冬至各七日。"

我国古代清明节和寒食节都有扫墓祭祖的习俗。由于寒食节与清明节日期相近，后来两个节日便逐渐合而为一，变成了一个节日，甚至还有"寒食清明"的说法。此外，除了扫墓祭祖外，寒食节与清明节的许多习俗都是一样的，比如踏青、荡秋千、蹴鞠等娱乐活动。寒食清明流传至今，禁火、寒食等习俗几乎已不在，但扫墓祭祖等习俗依然保留着。

清明节作为重大的传统春祭节日，是在融合了上巳节和寒食节的习俗内容的基础上而流传下来的。扫墓祭祖和踏青郊游是这一节日的两大习俗。清明节作为我国三大鬼节之一，扫墓祭祖的习俗在各地都比较流行，规模较大，过程也较烦琐，整个节期较长，一般要持续二十天左右，很多地方从春分时就开始了。祭祖活动一般分两种形式：一是在家或祠堂祭祀祖先，二是上坟或扫墓。陈文达《台湾县志》记载："清明，祭其祖先，祭扫坟墓，必邀亲友同行，妇女亦驾车到山。祭毕，席地为饮，落暮而还。"

　　清明节除了扫墓祭祖的习俗外，还有踏青、插柳、荡秋千、蹴鞠等娱乐活动，此外清明还流行吃青团子、吃馓子、吃清明粑、采食螺蛳等习俗。

清明日

唐·温庭筠

清娥画扇中，春树①郁金红。
出犯②繁花露，归穿弱柳风。
马骄偏避幰，鸡骇乍开笼。
柘弹何人发，黄鹂隔故宫③。

温庭筠，原名岐，字飞卿，唐代诗人、词人。温庭筠文思敏捷，考试时，常八叉手而成八韵，故有"温八叉"或"温八吟"之称。

主旨

这首诗描述了清明时节，万物复苏，人们外出踏青的喜悦心情。

注释

①春树：指桃树。
②犯：踏青，清明节有踏青习俗。刘禹锡《竹枝词》："昭君坊中多女伴，永安宫外踏青来。"
③宫：指庭院里的房子。在秦始皇之前，豪华的房子皆可称宫，后来逐渐演变为皇宫的专用词，特指帝王之宫，也可作为普通房子、居室的通称。韩愈《太原府参军苗君墓志铭》："遗资无十金，无田无宫以为归，无族亲朋友以为依也。"这里的宫就是指普通的房子。

诗里诗外

温庭筠才思敏捷，堪比七步成诗的曹植，《唐才子传》载温庭筠"少敏悟，天才雄赡，能走笔成万言"。其"每赋一韵，一吟而已"，宋代孙光宪《北梦琐言》又载其"才思艳丽，工于小赋。每入试，押官韵作赋，凡八叉手而八韵成"，时人称其为"温八吟""温八叉"。温庭筠的聪慧超乎常人，由此可见一斑。

温庭筠诗词俱佳,但以词著称,词作辞藻艳丽、精妙绝伦,其本人也被誉为"花间鼻祖"。

温庭筠的词有一种朦胧、意境迷离之感。《菩萨蛮·水精帘里颇黎枕》:"水精帘里颇黎枕,暖香惹梦鸳鸯锦。江上柳如烟,雁飞残月天。藕丝秋色浅,人胜参差剪。双鬓隔香红,玉钗头上风。"词中意象丰富,从水精帘、颇黎枕、鸳鸯锦,到江上、雁飞,再到藕丝、人胜、玉钗,空间上跳跃广,且没有明显的逻辑规律,读来意境隐曲,耐人寻味。

谷雨

科普 //

  谷雨是二十四节气中的第六个节气，也是春季最后一个节气，反映的是降水现象。谷雨将"谷"和"雨"联系起来，有"雨生百谷"的意思。《群芳谱》曰："清明后十五日为谷雨，雨为天地之合气，谷得雨而生也。"此时寒潮已经基本结束，气温回升加快，田中的各类作物正处在生长旺期，急需雨水的滋润，而谷雨时节充足、及时的降水非常有利于各类作物的茁壮成长。谷雨的"谷"并非指稻谷，而是古代百谷的统称，即农作物的统称。因此，谷雨前后的降水对农民来说，是预示着农作物丰收的吉兆。《管子》曰："时雨乃降，五谷百果乃登。"

  谷雨时节，斗柄指辰，太阳到达黄经30度，交节时间点对应着公历中每年的4月19日至21日中的一天。谷雨节气的特点是气温升高，降水增多，时见彩虹，蚊虫开始活跃。

诗歌里的二十四节气

节气三候

中国古代将谷雨分为三候："初候，萍始生；二候，鸣鸠拂其羽；三候，戴胜降于桑。"谷雨刚开始的五日里，因为气温升高，相应的水温也增高了，已经可以满足萍草的生长需要，因而可以看到水池内的浮萍出现。再五日，就会看到鸠鸟在枝头"咕咕咕"地鸣叫，还会用喙梳理着自己的羽毛。因为鸠鸟与布谷鸟的叫声相似，古代人们往往误以为鸠鸟就是布谷鸟，因而又有布谷鸟催农民播种（布谷）的说法。再过五日之后，就会看到戴胜鸟在桑树丛中飞来飞去。戴胜鸟的出现也意味着桑树生长的繁盛，对于养蚕的农民来说，这是一个极好的物候征兆。

气候特点

谷雨是春季最后一个节气，此时已是暮春时节，时间进入了4月下旬，因而全国大部分地区的气温都已经达到20℃以上，华南地区甚至会有一两天出现30℃以上的高温，一些低海拔的河谷地带已经进入夏季。

所谓"清明断雪，谷雨断霜"，这也意味着谷雨时节的天气已经转为稳定的温暖气候，地面阳气旺盛，开始多雨。尤其是南方地区，一旦冷暖空气交汇，便会形成较长时间的降雨天气。此时的南方地区正处于春雨期，但北方地区则可能处于春旱期，降雨

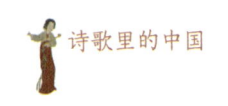

量也由秦岭—淮河附近向北逐渐递减。

气候农事

　　谷雨前后，气候温和，降雨增多，对于谷物的生长影响较大。所谓"雨生百谷"，适量的降雨，有利于越冬作物的返青和春播作物的播种出苗。此时的冬小麦正处于抽穗扬花期，玉米、棉花也在幼苗期，这些作物都需要充足的雨水滋润以促进生长。《月令七十二候集解》载："谷雨，三月中。自雨水后，土膏脉动，今又雨其谷于水也。……盖谷以此时播种，自上而下也。"谷雨是春耕时节的又一次珍贵的雨期，"春雨贵如油"，但雨水过量或者雨水过少都不利于农作物提高产量。因此，多雨的南方地区，要以防治春涝为主，而少雨的北方地区，则要预防春旱，加强灌溉，保障农作物生长的用水需求。

　　所谓"谷雨有雨好种棉"，依据农学研究，棉花的种植温度要在12℃以上，此时全国大部分地区都已经达到了这一温度。因此，"清明早，小满迟，谷雨种棉正当时"。即使是气温相对较低的华北地区，此时也进入了播种棉花的时节。如果下雨及时，土壤得到了湿润，棉花籽吸收充足的水分后，加上适宜的温度，很快便能发芽长出苗了。但如果遇到春旱，土壤没有雨水的滋润，土质坚硬，棉花的出苗时间也会延长，就会影响收获。此时，养蚕也进入了一个关键期。谷雨时的物候之一就是"戴胜降于桑"，繁盛的桑树叶为蚕的生长发育提供了最好的食物，因而养蚕的人们也

诗歌里的二十四节气

迫切需要雨水。在古代，遇上久旱不雨的情况，人们往往只能听天由命，常常会举行祈雨等活动，以祈祷上天布雨。但随着现代科技的发展，农民们已经可以通过各种水利设施实施灌溉，以保障农作物的用水需要，来获得丰收。

此外，谷雨时节气温升高，降雨增多，空气湿度大，是虫卵繁殖的旺盛时期，病虫害极易传播。因此，防治病虫害的工作也需重视。

民俗文化

谷雨是反映农田耕作的节气，因而大多数习俗都与农耕有关。比如自汉代以来，民间就有"谷雨祭仓颉"的习俗，并一直流传至今。仓颉是黄帝时期造字的左史官，见鸟兽的足迹而受到启发，创造了文字。据《淮南子》记载，黄帝于春末夏初发布诏令，宣布仓颉造字成功。仓颉造字成功，为人类文明的进步作出了重要贡献，感动了玉皇大帝。当时正值民间遭遇灾荒，于是，玉皇大帝便命令天兵打开天宫的粮仓，下了一场谷子雨以作为奖赏，人们因此得救。

仓颉死后，人们便把他安葬在他的家乡——白水县史官镇，墓门上刻了一副对联："雨粟当年感天帝，同文永世配桥陵。"人们还把祭祀仓颉的日子定为下谷雨的那天，也就是谷雨节。此后，每年的谷雨节，陕西省渭南市白水县的仓颉庙都要举行传统的庙会来纪念仓颉，成千上万的人从四面八方赶来参会，场面十分隆重。

诗歌里的中国

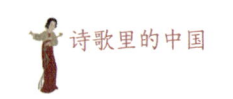

祭祀仓颉的活动一般持续七至十天，庙会期间，人们除了举行盛大的祭奠仪式，还会有扭秧歌、跑竹马、耍社火、武术表演等活动，以表达对仓圣的崇敬和怀念。

谷雨时节的习俗，除了祭仓颉，还有喝谷雨茶。谷雨时节，气温升高，降水增多，尤其是南方地区，天气已经开始炎热，湿热的天气让人们喜欢喝茶，也更关注茶叶的生产。所谓"清明见芽，谷雨见茶"，清明时节的茶树还只是冒出了嫩芽，而在谷雨的时候，嫩芽已经长成鲜叶，品质上乘，产量较大，既是采茶的好时节，又是品茶的好时候。因此，谷雨"吃好茶，雨前嫩尖采谷芽"，好茶正是采于谷雨时节，雨前茶就是谷雨茶，又叫二春茶。相传，谷雨这天喝谷雨茶可以清火、辟邪、明目等。南方地区在谷雨时节采茶、制茶、交易茶、喝谷雨茶已成习俗。

对于渔民来说，谷雨也是一个十分重要的节气。在山东沿海地区，每年都会举行谷雨祭海的活动，这一习俗已经延续了两千多年。谷雨时节，海水变得温暖，各种鱼类行至浅海水域，是渔民捕捞的大好时节。每逢谷雨这一天，渔民们就抬着猪头、饽饽等供品到海神庙、娘娘庙，进行海祭，以祈求海神保佑自己出海平安，满载而归。因此，谷雨节也被渔民们称为"壮行节"。"壮行节"一般要持续好几天，其间渔民们放焰火、唱大戏、敲锣打鼓，场面十分隆重。

谷雨以后气温逐渐升高，各种害虫开始活跃，在山东、山西、陕西一带流行贴谷雨贴的习俗。为了减轻虫害，人们除了灭虫，还张贴谷雨贴以祈求除害纳吉。谷雨贴是一种类似年画的装饰，上面有各种图画、文字等，图画有神鸡捉蝎、天师除五毒、道教

诗歌里的二十四节气

神符等,文字有"太上老君如律令,谷雨三月中,蛇蝎永不生""谷雨三月中,老君下天空,手迟七星剑,单斩蝎子精"等。

此外,谷雨时节,民间还流行吃香椿、赏牡丹、走谷雨等习俗。

白牡丹

唐·王贞白

谷雨洗纤素,裁为白牡丹。
异香开玉合,轻粉泥银盘。
晓贮露华湿,宵倾月魄①寒。
家人淡妆②罢,无语倚朱栏。

王贞白,字有道,号灵溪,唐末五代十国著名诗人。"读书不觉已春深,一寸光阴一寸金"便出自其诗。

诗歌里的二十四节气

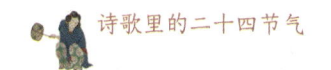

主旨

这首诗以佳人为喻,赞美白牡丹的素雅、纯净。

注释

①月魄:指月初生或圆而始缺时不明亮的部分,泛指月亮、月光。月魄一词出自《汉武帝内传》:"致日精得阳光之珠,求月魄获黄水之华。"清百一居士在《壶天录》卷上对月魄进行较为详细的记载:"日月合璧……旋见一红一黑者,大如车轮,并行而上,不差累黍。红者,炽若火毯,光华四射;黑者,色甚晦,暗如泼墨,盖即晦夜之月魄也。"
②家人:指佳人。淡妆:略施脂粉,指淡雅的装饰。苏轼《饮湖上初晴后雨》:"欲把西湖比西子,淡妆浓抹总相宜。"晏殊《菩萨蛮》:"染得道家衣,淡妆梳洗时。"

诗里诗外

牡丹,色泽艳丽,素有"花中之王""国色天香"的美誉。唐朝时,社会稳定,经济繁荣,牡丹得到了广泛种植,赏花之风盛极一时。文人名士在赏花的同时也留下了大量赞美牡丹的诗篇。

牡丹之所以被称为"花中之王""真国色",与一个传说有关。唐朝时,女皇武则天在一个漫天飘雪的冬天,带着众人饮酒赏雪。

诗歌里的中国

园中银装素裹，甚是美丽，但美中不足的是只有一点儿红梅点缀其中。于是武则天回到宫里，趁着几分醉意，挥毫写下："明朝游上苑，火速报春知。花须连夜发，莫待晓风吹。"宫女们连忙将武则天的诏令拿到上苑焚烧，以让众花仙知晓。武则天的诏令让众花仙惊慌失措，赶忙商议对策。众花仙虽知武则天的命令不合时节，有违天规，但她们也不敢违抗命令。商议来商议去，众花仙已有违时开放的倾向。

　　依然大雪纷飞，天气寒冷。上苑中竟然出现了百花齐放的景象。武则天闻讯大喜，亲自到上苑赏花，只见寒风中百花斗艳，但有一处仍十分荒凉，武则天十分不满，就问："这是什么花？竟敢抗旨不遵？"原来是牡丹。武则天立刻下令将牡丹逐出京城，贬到洛阳。

　　牡丹被贬到洛阳后，竟然枝繁叶茂，开出美丽的花朵。武则天得知后，更加恼怒，又下令将牡丹烧死。牡丹的花和枝虽被大火烧焦了，但大火过后，牡丹从根部又发出了新芽，长大后竟然开出更加娇艳的花朵来。人们对牡丹刚正的精神赞叹不已，洛阳牡丹也获得了"焦骨牡丹""傲骨牡丹"的称号。牡丹也因其凛然正气被众花仙拥戴为"百花之王"。

第一辑

夏之节气

立夏

科普 //

　　立夏又称"四月节",是二十四节气中的第七个节气,也是夏季的第一个节气。立夏的交节时间点对应着公历每年的 5 月 5 日至 7 日中的一天,此时斗柄指向常羊之维,也就是东南方的位置,太阳到达黄经 45 度的位置。《历书》载:"斗指东南,维为立夏,万物至此皆长大,故名立夏也。"《月令七十二候集解》曰:"立夏,四月节。立字解见春。夏,假也,物至此时皆假大也。"意思是春天播种的植物到立夏的时候都长大了。

　　立夏作为"四立"之一的节气,早在战国时期就已经确立了,代表着夏季的开始,古代又称"春尽日"。从天文学的角度来看,立夏标志着春季结束,夏季开始。但从气候学的角度,当日平均气温稳定达到 22℃以上,才能算是夏季的开始。立夏时节的特点就是温度明显升高,炎暑降临,雷雨增多,农作物的生长进入旺季。

诗歌里的中国

节气三候

中国古代将立夏分为三候："初候，蝼蝈鸣；二候，蚯蚓出；三候，王瓜生。"蝼蝈，即蛙。《逸周书·时训解》："立夏之日，蝼蝈鸣。"朱右曾校释："蝼蝈，蛙之属，蛙鸣始于二月，立夏而鸣者，其形较小，其色褐黑，好聚浅水而鸣。"立夏这一天，可以听到蛙聒噪的鸣叫声；又过五日，由于气温升高，地下的蚯蚓翻松着泥土爬到地面，呼吸着新鲜空气；再过五日，在野草中就可以看见野生的王瓜，也就是土瓜，已经生苗，藤蔓也开始快速攀爬生长。

气候特点

立夏虽然标志着夏季的开始，但由于我国幅员辽阔，各个地区进入夏季的时间并不一致。按照气候学的标准，立夏前后，只有我国的福州—南岭一线以南地区才真正进入了夏季，这一范围大致接近于黄河中下游地区，也就是二十四节气的发源地。因此，立夏前后，更准确地说，是黄河中下游地区的春季结束，夏季开始。而此时，我国的东北和西北部地区只能算刚刚进入春季，而全国大部分地区的日平均气温也维持在18℃至20℃，正处于"百般红紫斗芳菲"的仲春和暮春季节。

立夏前后，全国气温回升都很快，尤其是华北、西北等地，气温迅速升高，但降雨量仍然偏少，加上多大风，地面蒸发快，因而气候偏干燥,土壤容易干旱。而在我国的南方地区,则与北方差异较大。立夏后,江南地区正式进入雨季,降雨量与降雨时间明显增多。长江中下游和华南地区进入前汛期,此时多暴雨天气,河流水位高升,所谓"立夏、小满,江满、河满",此时极易发生暴雨引起的洪涝、泥石流灾害。

气候农事

立夏时节,万物生长。此时,我国南方地区的早稻已经分蘖,油菜也接近成熟,夏收作物普遍进入了生长末期。比如,西南地区的大麦、小麦和油菜则已经进入了收割期,所谓"立夏三坂(麦、油菜、樱桃)黄"说的就是这一地区。因此,完成收割后,农民又紧接着进入水稻的插秧工作中去。而我国北方地区的冬小麦正在扬花灌浆,春播作物大豆、玉米、高粱、棉花等已经相继出苗,此时的田间管理尤其重要。但是由于北方此时多处于降水不足的状态,再加上干热风的压迫,极易导致农作物的减产,因此要加强水肥管理,做好抗旱工作。另外,也要防止小麦锈病的发生,及时给麦地喷洒农药。

茶树在立夏前后春梢发育最快,所谓"谷雨很少摘,立夏摘不辍",此时的采茶工作也须抓紧,不然稍晚一步,茶叶就老了。同时,立夏时节还是查苗、补苗的关键期。如果秧苗过稠或者过稀,就要抓住时机定苗、补苗。比如,所谓的"立夏种棉花,有柴没疙瘩",就是说此时已经过了棉花的种植季节,但春种的棉花也已经出苗，农民们应当及时查苗，并且利用有利时机进行补苗、中耕定苗，以及做好棉花的灌溉工作。

此外，"立夏三天遍地锄"。立夏时节，不仅农作物生长渐旺，田间的杂草也顺势起来了，就如农谚中说的"一天不锄草，三天锄不了"。此时勤锄地，不仅可以锄掉田间杂草，而且可以给土地松土，防止水分蒸发，加速土壤养分分解，促进玉米、高粱、棉花等作物的健康生长。

民俗文化

与立春类似，在古代，立夏时人们也会举行隆重的迎夏仪式。周代时，迎夏仪式一般是由天子亲自参与，即由天子率众卿到南郊迎夏、祭神、尝新、举办宴会。《后汉书·祭祀志》载："立夏之日，迎夏于南郊，祭赤帝祝融。车旗服饰皆赤。歌《朱明》，八佾舞《云翘》之舞。"立夏之日，周天子斋戒沐浴，着赤色礼服，配朱色玉佩，亲率三公九卿和众大夫到南郊迎夏，祭祀祖先和诸神。《礼记·月令》载："孟夏之月其帝炎帝，其神祝融，余夏月皆然。"《晋书》也有记载："帝高阳之子重黎为'夏官祝融'。"祝融为火神，是掌管夏天的神明，人们在立夏时祭祀祝融。

据《山海经》记载，祝融"兽身人面，乘两龙"，也是传说中的战神。祝融可谓战功赫赫：曾在羽山近郊杀死鲧；在黄帝讨伐九黎族首领蚩尤时立下汗马功劳。人们为了纪念祝融，便在立夏时举行祭祀仪式，祈求其保佑夏季农作物的生长。

后世沿袭了这一习俗，宋代时，礼节更加烦琐，除了迎夏，还要在各地祭祀神山大川。明代时开始有"尝新"的习俗。即在迎夏完毕后，皇帝与群臣汇聚一堂尝新。所谓尝新，就是品尝夏时三鲜，三鲜又有"地三鲜""树三鲜""水三鲜"之分。不同地区的夏时三鲜也有所不同："地三鲜"一般为苋菜、蚕豆、蒜苗、黄瓜、元麦等（其中的三样）；"树三鲜"通常指樱桃、枇杷、杏子、青梅、香椿头等（其中的三样）；"水三鲜"则主要有鲫鱼、河豚、鲳鱼、黄鱼、银鱼、海蛳等（其中的三样）。民间至今仍有"立夏见三鲜"的尝新习俗。到清代时，风俗就更盛了，增加了馈节、秤人、烹新茶等风俗。

除了迎夏尝新的习俗外，立夏时节另一重大的活动便是农历四月初八的浴佛节。浴佛节又称"浴佛会""龙华会"，是纪念佛祖释迦牟尼诞辰的节日，也是佛教最为盛大的节日之一。在浴佛节期间，主要有浴佛、放生、斋会、拜药王等习俗。

相传佛祖释迦牟尼的诞生日就在农历四月初八这一天，在这一天，各寺庙的僧尼会举行"浴佛法会"，进行上香点烛仪式，将铜佛置于水中，进行浴佛。而普通民众则争舍钱财、放生、求子，祈求佛祖保佑。南宋时，杭州西湖地区有在浴佛节举行放生会的习俗。《武林旧事》中就提道："四月八日为佛诞日，诸寺院各有浴佛会，僧尼辈竞以小盆贮铜像，浸以糖水，覆以花棚，铙钹交迎，遍往邸第富室，以小杓浇灌，以求施利。是日西湖作放生会，舟楫甚盛，略如春时小舟，竞买龟鱼螺蚌放生。"有些地方则会在浴佛节期间举行求子活动。清代《日下旧闻考》中有记载："四月初八，燕京高梁桥碧霞元君庙，俗传是日降神，倾城妇女往乞灵祈生子，西湖、玉泉、碧云、香山游人相接。"除了求子的，浴佛节期间，女子们还好祈求姻缘。《清稗类钞·时令类》中就记载："四月初八日为浴佛节，宫中煮青豆，分赐宫女内监及内廷大臣，谓之吃缘豆。"

古代拜神求佛者众多，主要原因是科学技术水平的落后，人们难以应对不测的天灾和疾病，因而只能祈求神佛保佑，并由此衍生出了一系列与宗教相关的习俗。

立夏时，小孩子会玩斗蛋的游戏。斗蛋要用熟鸡蛋，一般是将鸡蛋直接放在清水中煮熟，捞出后放入冷水中浸一会儿，然后装入彩线编织的网袋里，挂在孩子的脖子上。孩子们便三五成群地进行斗蛋游戏。斗蛋时，一般用蛋的两头进行互碰，破的为输，斗到最后没有破的蛋被称为"蛋王"。民谚有"立夏胸挂蛋，小人疰夏难"的说法，就是希望小孩子不生病，健健康康地度过夏天。

有些地方在立夏这天有吃过午饭秤人的习俗。秤人时，负责打秤花的人为司秤人。司秤人会一边打秤花，一边说着吉利话，如称小孩会说："秤花一打二十三，小官人长大会出山，七品县官勿犯难，三公九卿也好攀。"打秤花时，要从里往外打，即从小数打到大数，意思是芝麻开花节节高，希望以后越来越好。

立夏秤人的习俗与三国时期后主刘禅有关。当年诸葛亮七擒七纵孟获，孟获对诸葛亮佩服得五体投地。诸葛亮嘱咐孟获每年去探望刘禅一次，据说这一天恰好是立夏。此后，孟获每年的这一天都会去看望刘禅。后来，司马氏灭了蜀国，刘禅移居洛阳。但孟获对诸葛亮的嘱咐一直铭记于心，不管刘禅多么无能，孟获还是每年去探望，不但探望，还非常用心。为确保刘禅没有受到委屈，每次去探望时,孟获都要称一称刘禅的体重。司马炎后来也学聪明了,每到立夏时,就让人用糯米和豌豆煮饭给刘禅吃,糯米清香可口,豌豆翠绿诱人,刘禅总能多吃几碗,这样称重时也会重一些。

这个传说虽然与史实不符,但立夏秤人的习俗却流传了下来。

◆明吴彬月令图 浴佛

此图描绘浴佛节的盛况。

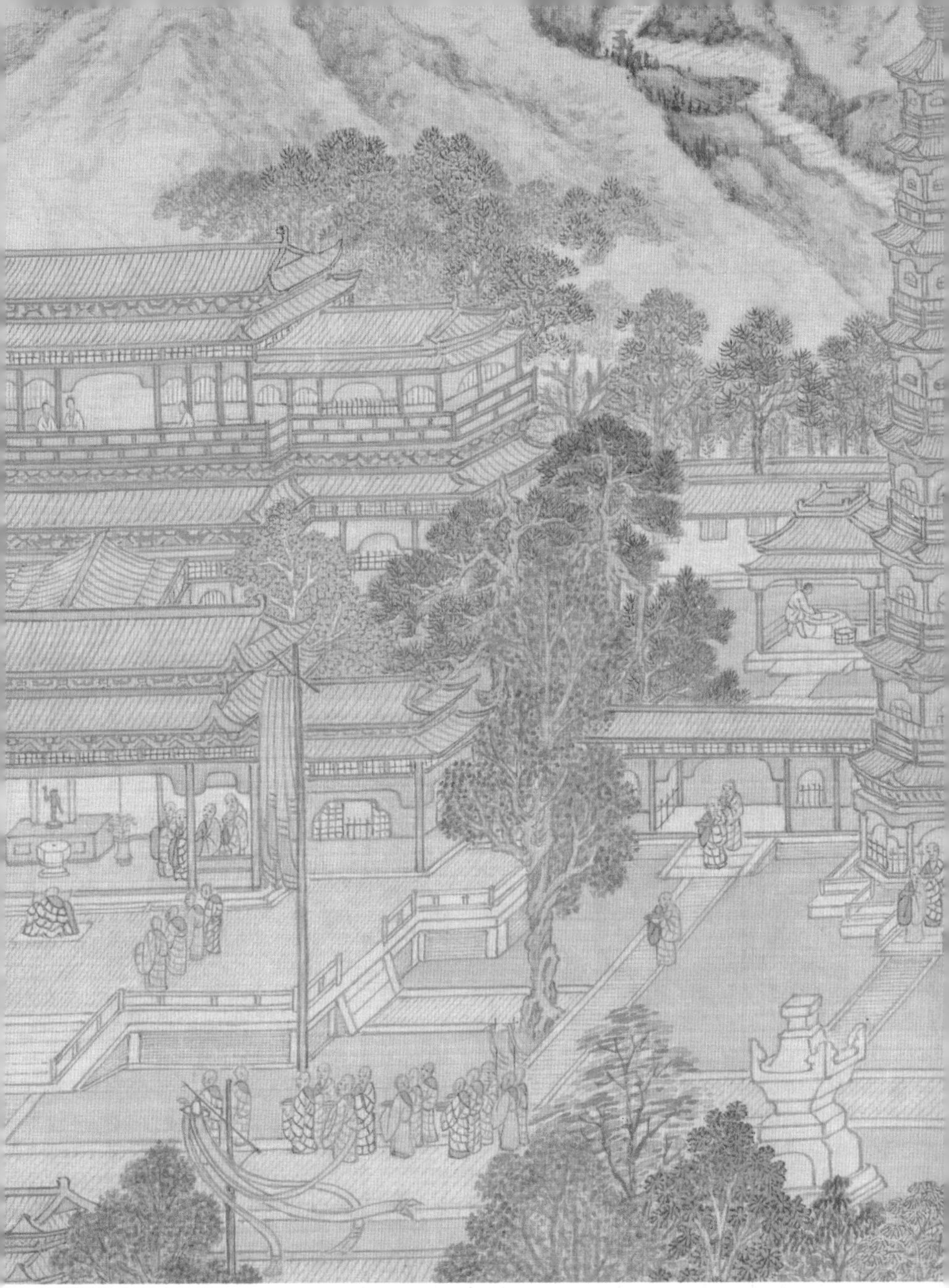

立夏

宋·陆游

赤帜①插城扉,东君②整驾归。
泥新巢燕闹,花尽蜜蜂稀。
槐柳阴初密,帘栊暑尚微。
日斜汤沐罢,熟练试单衣③。

陆游,字务观,号放翁,南宋文学家、史学家、诗人、词人。陆游一生笔耕不辍,著有《剑南诗稿》《渭南文集》《老学庵笔记》等。

诗歌里的二十四节气

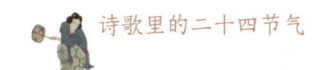

主旨

这首诗描写了立夏时节的景物风貌和迎接夏日的种种热闹仪式,抒发了作者对夏日生活的喜爱和对人生的热爱。

注释

①赤帜:红色的旗子,也指赤帝的旗帜。赤,赤帝,指火神,主管夏天。夏季、赤色在五行中属火,故用朱红色表示夏季。
②东君:传说中的太阳神,也指春神句芒,主管春天。辛弃疾《满江红·暮春》:"可恨东君,把春去春来无迹。"
③单衣:没有里子的衣服。《管子·山国轨》:"春缣衣,夏单衣。"

诗里诗外

陆游的这首《立夏》诗格调是清新欢快的,在余晖洒满院落时,沐浴罢,穿上今夏的新衣,试试是否合身,对于一位老人来说,无疑是充满生活情趣的。而在立夏的前两天,陆游也写了一首诗,《立夏前二日作》:

晨起披衣出草堂,轩窗已自喜微凉。

诗歌里的中国

余春只有二三日,烂醉恨无千百场。
芳草自随征路远,游丝不及客愁长。
残红一片无寻处,分付年华与蜜房。

　　这首诗便有一些惆怅与落寞。陆游在感叹春天只剩两三天的同时,也在感慨自己虚度年华。实际上,陆游并没有虚度年华,而是非常高产的诗人,自言"六十年间万首诗",存世的诗词有九千多首。陆游一生创作颇丰,风格多变,可豪放,"当年万里觅封侯,匹马戍梁州",慷慨激昂,胸怀天下;可温婉,"春如旧,人空瘦,泪痕红浥鲛绡透。桃花落,闲池阁",细腻浪漫,情真意切。

　　陆游的一生有愧于唐琬,但从感情上来说,唐琬又是陆游心中永远的思念。所以,在沈园相遇时,各自留下了对彼此的深情。陆游在生命的最后几年,还会重游沈园,写诗倾诉对唐琬的眷恋。陆游在最后一次游沈园时,留下了一首《春游》:

沈家园里花如锦,半是当年识放翁。
也信美人终作土,不堪幽梦太匆匆。

　　陆游一生充满矛盾,在爱情与亲情面前选择了亲情,却又放不下爱情。陆游希望北伐,却只有短短八个月的军旅生涯,所以,他的梦想只能"铁马冰河入梦来"。在临死前,还不忘告诫儿子,"王师北定中原日,家祭无忘告乃翁"。

小满

科普 //

  小满是二十四节气中的第八个节气，也是夏季的第二个节气。小满一般在农历四月中下旬，交节时间点对应着公历每年的 5 月 21 日前后。此时斗柄指巳，太阳到达黄经 60 度的位置。关于小满的含义，《月令七十二候集解》曰："小满，四月中。小满者，物至于此，小得盈满。"宋代《懒真子录》也有："小满，四月中，谓麦之气至此方小满而未熟也。"《群芳谱》则曰："小满，物长至此，皆盈满地。"农历四月中的时候，北方地区麦子的籽粒开始灌浆，已经开始变得饱满，但还没有完全成熟；南方种植水稻的地区，水田里的水已经蓄满，因此称作"小满"。这里，小满既反映了物候变化，又与降水相关。一方面有麦类等夏熟作物籽粒的饱满之"满"，另一方面也有雨水充盈，稻田里蓄满水之"满"。

节气三候

中国古代将小满分为三候："初候，苦菜秀；二候，靡草死；三候，麦秋至。"说的是到了小满时节，田野里的苦菜花就开了；"秀"就是开花的意思。过了五日，就会看到蔓草开始枯萎了；"靡草"就是蔓草，蔓草喜阴，小满时的阳光强烈，一些枝条细软的蔓草受不了阳光的照射而开始枯萎。再过五日，麦子就开始成熟了；古人喜欢把成熟的时间叫作秋，因而麦子成熟的时间也被称为"麦秋"。在古人眼里，是因为小满时气候变热，催熟了麦子；如果麦子不熟，说明阴气太凶恶了，是不好的预兆。

气候特点

小满时节，中国大部分地区的日平均气温都达到了22℃以上，长江中下游地区甚至会出现35℃以上的高温天气。此时天气由暖变热，南北温差缩小，降雨也增多了。对于北方而言，小满时节的日照时长往往是二十四节气中较长的，强烈的日照一方面有利于小麦等作物的成熟，另一方面气温的升高加上北方降雨量较少，空气十分干燥，部分地区的气温往往要高于南方。西北高原地区此时已经进入了雨季，作物生长旺盛，一片欣欣向荣。

而南方地区气温普遍较高，降雨也普遍增多。由于南方的暖湿气流活跃，与北方南下的冷空气交汇，往往会出现持续大范围的降水，比如南方就有"小满江河满"的农谚。如果冷空气较强，南方地区还会出现长时间的低温阴雨天气，即"五月寒"，从而影响早稻稻穗的发育以及扬花授粉。但也会遇到降雨偏少的时候，甚至会出现"小满不满，干断田坎"的干旱气候。

气候农事

在小满时节，各地农事都十分繁忙，但由于我国南北跨度大，各地的农事活动又各不一样。在东北地区，小满前后春播工作已经基本结束，农事活动主要是春播作物的田间管理，及时间苗、定苗、查苗、补苗或移苗。同时，要注意防御大风和强降温天气，必须定期锄草、松土，以提高地温，做好人工防风、防雹工作，以免突发恶劣天气给农作物带来损失。

华北地区此时进入了三夏大忙时期，所谓"小满天赶天"，此时春播结束，冬小麦等夏熟作物进入收割期，农民往往要全家动员，为夏收做准备。与此同时，由于夏收之后紧接着就是点种秋季作物的工作，所以农民们还要做好点种准备。一旦错过点种时机，很容易就会影响秋季作物的收成。

西北地区此时进入了雨季，各种农作物都进入了生长旺期，因此冬、春小麦的浇水、松土、防治病虫害工作十分重要，尤其是春小麦的种植区要抓紧施肥。同时，春种的玉米也已经进入了定苗、中耕除草阶段。

华中地区在小满时节已经进入了夏熟作物的全面收割阶段，

由南向北，先后收割完成。这一时段，农民既要抓住晴好天气，抢收成熟的小麦等作物，也要加强麦田的后期管理，所谓"麦怕四月风，风后一场空"，一定要浇好"麦黄水"，防御干热风造成的小麦减产。与此同时，还需一边抢收，一边抓紧时间栽插中稻，并给早稻田里注水施肥，防治螟虫等害虫。玉米、高粱等春作物的锄草、培土工作也十分重要。棉花要做好查苗、补苗、间苗、定苗等工作。此外，夏季是虫灾高发时段，各地还需做好防虫工作。

南方地区在小满时节则有"小满不满，干断田坎"之说，此时正是适宜水稻栽插的季节，对于水的需求量十分巨大，只有雨水充盈，田里灌满了水，才更有利于水稻的栽插。所谓"蓄水如蓄粮""保水如保粮"，此时农民最主要的工作就是抗御干旱，注意早稻移栽后的浅水灌溉、适时施肥。此外，还需抓住晴好天气，适时收晒成熟的小麦、油菜等，避免强暴雨天气造成粮油作物的损失。

除了各地忙碌的农活，此时春蚕已经开始吐丝结茧了，养蚕人家也进入繁忙的缫丝工作。《清嘉录》中记载："小满乍来，蚕妇煮茧，治车缫丝，昼夜操作。"

民俗文化

虽然小满节气各地都处于农忙时期，但为了迎接、庆祝小满，民间仍然有各种各样的习俗。

在我国有"小满动三车"的习俗，这"三车"就是"丝车""油车""田车"。其中"田车"就是指"递引溪河之水，传戽入田"的水车。在古代，水车车水对于农村排灌是十分重要的事，按照惯例，数车在小满时启动。因此，祭拜车神也是人们对水利排灌的重视。祭车神在农村地区是一个相当古老的小满习俗。相传"车神"为白龙，每逢小满时节，人们就在水车的车基上放置鱼肉、香烛等物品进行祭拜。祭拜时还有一个特殊的仪式，就是在供祭的物品中有一杯白水，祭拜时，将这杯白水泼入田中，有祝愿水源涌旺之意。

除了车神，与小满相关的还有一个蚕神。相传，小满是蚕神的诞辰，因此，在小满这一天，我国的江浙地区还有一个祈蚕节。中国的农耕文化以"男耕女织"为典型，北方的原料主要是棉花，而南方的原料则以蚕丝为主。蚕丝需要靠蚕茧抽丝而得，我国江浙地区的养蚕业尤其兴盛，因此对于蚕神自然十分崇拜。又因为蚕对生存环境的要求较高，是比较娇贵的"宠物"，很难养活，所以又被人们视作"天物"。蚕农为了祈求蚕能顺利结茧，抽更多的丝，便会在蚕神的诞辰（也就是小满）过祈蚕节。祈蚕节时，蚕农便纷纷赶到"蚕神庙"祭拜蚕神，供上丰盛的美酒佳肴，祈求蚕神的保佑。

除了上面的习俗，人们在小满期间还有抢水、吃苦菜、吃"捻捻转儿"、食油茶面等习俗。

◆明吴彬月令图　蚕市

此图描绘了蚕户工作的情形。

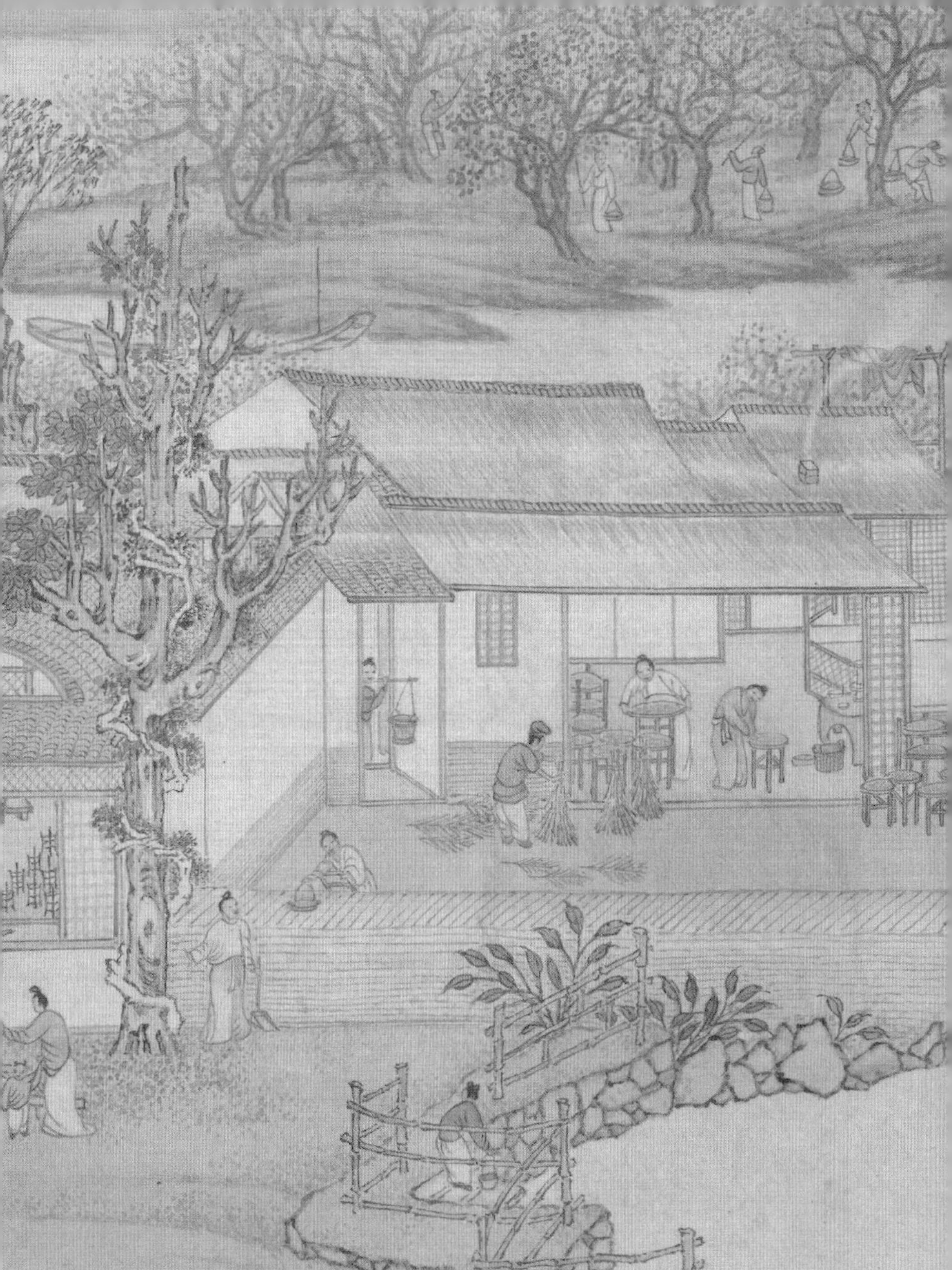

咏廿四气诗·小满四月中

唐·元稹

小满气全时,如何靡草衰[①]。
田家私黍稷,方伯[②]问蚕丝。
杏麦修镰钐,莳蔬竖棘篱。
向来看苦菜[③],独秀也何为?

元稹,字微之,别字威明,唐朝大臣、文学家,主要作品有《元氏长庆集》《莺莺传》。

诗歌里的二十四节气

主旨

这首诗写的是黄淮等地小满时节,农民私黍稷、问蚕丝、修镰钐、竖棘篱等的忙碌景象。

注释

①靡草衰:蔓草枯萎。靡草,蔓草。小满节气三候之二侯"靡草死"。这里的"靡草死"是指假死,暂时的枯萎。靡草喜阴,初春时发芽,小满时因阳气旺盛而枯萎,以保证来年可以重生。《礼记·月令》:"孟夏之月,靡草死……靡草,荠、葶苈之属。"

②方伯:古时对诸侯中领袖的称谓。殷周时期的一方之长,后来泛指地方长官。汉以来的刺史,唐时采访使、观察使,明清时的布政使,也称方伯。《礼记·王制》:"千里之外设方伯。"《汉书·何武传》:"刺史古之方伯,上所委任,一州表率也,职在进善退恶。"

③苦菜:又名荼草、游冬、苦马菜、老鸦苦荬、滇苦菜等,春夏间开花,茎叶嫩时均可食,略有苦味,具有清热、解毒、明目的功效。《礼记·月令》:"(孟夏之月)王瓜生,苦菜秀。"

诗里诗外

元稹虽以诗、文闻名于世,但为官也做出了一些成绩。元稹兴修水利,关心农业生产,甚至亲自参与农事。因为对农业生产的了解,所以写下了《咏廿四气诗》。

元稹在感情上可谓"顺风顺水",政治上却是"辗转不得志"。元稹虽然有一定的政绩,但因"锋芒太露",触犯了权贵,一生四次遭贬。第一次被贬到江陵,第二次被贬到通州,第三次被贬到同州,第四次被贬到武昌。

元稹在被贬通州时,曾穷困潦倒,只能以写诗来抒发心中的苦闷。这期间与好友白居易之间的酬唱之作就有一百八十多首。如《酬乐天得微之诗知通州事因成四首》,描写了当地恶劣的自然环境、落后的现状、压抑的心情。其中第三首和第四首更可见其落魄:

其三
哭鸟昼飞人少见,怅魂夜啸虎行多。
满身沙虱无防处,独脚山魈不奈何。
甘受鬼神侵骨髓,常忧歧路处风波。
南歌未有东西分,敢唱沧浪一字歌。

其四
荒芜满院不能锄,甑有尘埃圃乏蔬。

定觉身将囚一种，未知生共死何如。
饥摇困尾丧家狗，热暴枯鳞失水鱼。
苦境万般君莫问，自怜方寸本来虚。

元稹虽内心苦闷，但仍励精图治，在"人稀地僻、蛇虫当道"的通州引导百姓开荒，逐渐改变通州的落后情况。为政期间，元稹为百姓做了不少好事。在元稹离任那天（正月初九），百姓出城相送，登上城南的翠屏山和城北的凤凰山，与其告别。后来，每年的正月初九，人们便前往城外登山，以纪念元稹。正月也称元月，因此，"元九登高"就成了当地的习俗。

芒种

科普 //

芒种是二十四节气中的第九个节气,也是夏季的第三个节气。此时,斗柄指丙,太阳到达黄经75度的位置,交节时间点对应着公历每年的6月5日至7日中的一天。芒种也称"忙种",指"忙收又忙种"。这一节气期间,中国大部分地区的农业生产正处于"夏收、夏种、夏管"的"三夏"大忙季节。"芒种"之"芒"也指有芒的作物,即麦子、稻子等。《周礼·地官》曰:"泽草所生,种之芒种。"郑玄注:"泽草之所生,其地可种芒种。芒种,稻麦也。"《月令七十二候集解》曰:"芒种,五月节。谓有芒之种谷可稼种矣。"《岁序总考》:"芒,草端也。种,稼种也。言有芒之谷此时皆可稼种,故谓之芒种,乃五月之节气也。"因此,芒种有两层含义:一是指麦子等芒作物已经成熟,抢收忙碌;二是指晚谷、黍、稷等芒作物到了播种的季节,夏播忙碌。

节气三候

中国古代将芒种分为三候："初候，螳螂生；二候，䴗始鸣；三候，反舌无声。"螳螂即"刀螂"，"初候，螳螂生"指芒种的前五日里，人们可以看到小螳螂从卵鞘中爬出来，出现在了田间地头的庄稼叶上。"二候，䴗始鸣"，䴗又叫伯劳鸟，指又过了五日，伯劳鸟开始在枝头鸣叫。"三候，反舌无声"，指再五日，原本喜欢歌唱、能够模仿其他鸟儿叫声的反舌鸟逐渐变得安静，不再鸣叫。我国传统哲学认为，在天气最炎热的时候，也是阴气始生的时候。

气候特点

芒种时节，气温显著升高，雨量更加充沛。除了青藏高原和黑龙江最北部的一些地区外，中国南北的温度差距基本可以忽略，全国大部分地区都是高温天气，黄淮地区、西北地区东部还会出现40℃以上的高温天气。

伴随着气温的升高，南方的暖空气与北方的冷空气在江淮流域对峙，长江中下游地区此时将进入漫长的梅雨季节。梅雨天的气候特点是空气湿度大，气候闷热，日照时间极少，持续性降雨。梅雨季节一般持续有一个月之久，直到最后南方的暖空气逐渐控制了江淮流域，漫长的雨季才会结束。

气候农事

在我国北方地区，主要是旱地农业，农作物以小麦为主；在我国的南方地区，则主要是水田农业，农作物以水稻为主。在芒种时节，北方地区的小麦作物成熟，进入了收割期；南方的水稻（中稻）也要抓紧插秧，因此芒种是"忙收（麦）又忙种（稻）"。"芒种芒种，忙收又忙种。"这句农谚可谓十分恰当地诠释了芒种时节农事活动的忙碌。

当然，夏收并不仅仅是大麦、小麦这些有芒作物的收割，还有油菜、马铃薯、黄瓜、空心菜和毛豆等作物的收获。而"忙种"也不仅仅指南方水稻的插秧，还有大秋作物的播种，例如夏高粱、夏大豆、芝麻、玉米、晚谷、糜子等作物的播种。此外，芒种时节除了"夏收""夏种"，还有"夏管"。例如华北地区、西南地区和华中地区，在做好夏收和夏种的同时，还要做好田间管理，尤其是棉田的管理。农民要及时给棉田喷洒农药以防治蚜虫，给棉田浇水施肥。

此时的长江中下游地区已经进入梅雨季节，梅雨季节持续时间较长，雨量较大，温度较高，日照较少，偶尔还会出现低温天气。梅雨季节的雨量对于庄稼的生长是十分有利的，尤其是水稻、棉花等作物，此时在炎热的夏季正是缺水的时候，一场适时适量的梅雨堪比"贵如油"的春雨。但是，如果梅雨天来得过晚，或者梅雨季节的雨量过少，也会造成农作物受旱。因此，也须及时关注降水情况，根据苗情进行肥水管理，同时要防治梅雨季节的病虫害。

诗歌里的二十四节气

民俗文化

　　芒种节气一般在端午节前后，因而在芒种期间，民间最热闹的活动是庆祝端午节。端午节，又称"端阳节""龙舟节""重午节""蒲节""天中节""诗人节"等。端午节是中国四大传统节日之一，闻一多先生在《端午考》中认为，端午系古代持龙图腾崇拜民族的祭祖日。当然，最为人们所熟知的传说，则是人们在端午节这一天纪念伟大的爱国诗人屈原。也有传说是纪念伍子胥，还有传说是纪念孝女曹娥救父投江的。但是，不论端午节的起源如何，节日的习俗都是差不多的，比如，吃粽子和赛龙舟。

　　吃粽子是端午节的重要习俗之一，据闻一多先生考证，古代的吴越民族以龙为图腾，为了得到龙的庇佑，他们断发文身，将自己装扮成龙子的模样。每年的端午节，他们都要举行盛大的图腾祭，将各种食物装在竹筒或裹在树叶里，一部分会扔到水里，献祭给图腾神（蛟龙），一部分则留着人们自己吃。在纪念屈原的传说中，也有人们将包好的粽子投入水里，为的是让水中的鱼虾蟹吃饱后，不去咬食屈原的身体。

　　端午节另一重要的活动是赛龙舟，即龙舟竞渡。广东、台湾等地也称"扒龙船"，四川合川一带则称"抢江"。这也是古代龙图腾祭祀的活动，一般分为请龙、祭龙神、游龙和收龙几个板块，人们通过这种方式以祈求福佑。龙舟竞渡前通常有庄严的请龙仪式，例如湖南地区在赛龙舟前，桡手要扛着龙头祭祀屈原，称"祭龙头"。祭神后，参赛者们在锣鼓喧天中开始竞渡。

诗歌里的中国

芒种前后，仅民间庆祝端午节的习俗就有很多，除了吃粽子和赛龙舟，还有贴端午符、挂艾草、戴香囊、喝雄黄酒、射柳、击球、斗草等习俗。除此之外，不同地区在芒种期间还有各种特色的习俗。比如，在我国的南方地区，每年的五、六月份是梅子成熟的季节，因而有煮梅的习俗；北方地区则有将乌梅和甘草、山楂、冰糖等合煮酸梅汤以供解暑的习俗。南方煮青梅的习俗可以追溯至夏朝。芒种前后，长江中下游地区会出现较长的阴雨天气，人们体内湿气较重，人无精神，较为懒散。青梅味道酸涩，人们便想出了煮青梅的方法，可以加入糖、盐、紫苏或者酒，既改变了青梅酸涩的口感，也有消除疲劳的功效。三国时期，曹操煮酒论英雄的故事中就是用青梅煮的酒。

古人认为，芒种过后，春天的花神就该休息了，送花神也成为芒种时节一个有趣的活动。江南地区则会在芒种日举行饯花会，送花神，以表达对花神的感谢之情，盼望来年的再会，也有用丝绸悬挂花枝以示送别的。

曹雪芹在《红楼梦》第二十七回《滴翠亭杨妃戏彩蝶　埋香冢飞燕泣残红》中描写了姑娘们在大观园给花神饯行的热闹场景：

> 尚古风俗：凡交芒种节的这日，都要设摆各色礼物，祭饯花神，言芒种一过，便是夏日了，众花皆卸，花神退位，须要饯行。然闺中更兴这件风俗，所以大观园中之人都早起来了。那些女孩子们，或用花瓣柳枝编成轿马的，或用绫锦纱罗叠成干旄旌幢的，都用彩线系了。每一棵树每一枝花上，都系了这些物事。满园里绣带飘飙，花枝招展，

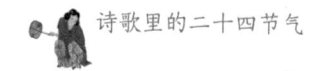

更兼这些人打扮得桃羞杏让,燕妒莺惭,一时也道不尽。

大家送花神都是高高兴兴的,唯独林黛玉与众不同,不但埋葬了落花,还在花冢前哭得伤心欲绝,这便是《葬花吟》:"花谢花飞花满天,红消香断有谁怜?……试看春残花渐落,便是红颜老死时。一朝春尽红颜老,花落人亡两不知!"

诗歌里的中国

梅雨五绝·其二

宋·范成大

乙酉甲申①雷雨惊,乘除却贺芒种晴。
插秧先插蚤籼稻②,少③忍数旬蒸米成。

范成大,字至能,一字幼元,早年自号此山居士,晚号石湖居士。范成大工于诗,与杨万里、陆游、尤袤合称南宋"中兴四大诗人"。

诗歌里的二十四节气

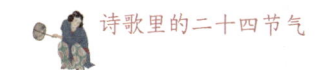

主旨

　　这是一首写南方芒种节气插秧抢种的七言绝句，并以数月后可以吃到香软的米饭来安慰农人的辛劳。

注释

①乙酉甲申：范成大自注："吴农忌五月甲申、乙酉雨，雨则大水。谚云：'甲申（雨）犹自可，乙酉（雨）怕杀我。'"按天干地支顺序，甲申日应该在乙酉日前，诗中应为倒置。
②蚤籼稻：一种早熟的稻子。蚤，同早。
③少：稍。

诗里诗外

　　古代农业生产技术落后，更是要看天吃饭，芒种时节，不管北方还是南方，都希望天气晴朗。北方正是收割麦子的时节，南方正是插秧的时节。从范成大的这首诗中，可以看出气候对农业生产的影响。即使风调雨顺，几乎每家生产的粮食也无法满足人们一年的口粮。范成大在诗中说"插秧先插蚤籼稻"，此时，可

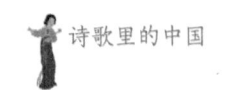

能家中已无余粮，但是，展望一下未来，只需稍微忍耐数月就有米饭可吃了。

范成大对农人的安慰与望梅止渴的故事有异曲同工之妙。望梅止渴出自《世说新语·假谲》："魏武行役，失汲道，军皆渴，乃令曰：'前有大梅林，饶子，甘酸，可以解渴。'士卒闻之，口皆出水，乘此得及前源。"

故事发生在东汉末年，曹操率领部队征讨张绣。途中，天气炎热，士兵们口渴难耐，人困马乏，行军困难。曹操见状，下令部队先休息，派人去寻找水源。不过，派出去的士兵全都无功而返。曹操又下令挖井，干燥的荒地里也挖不出一滴水。这时，士兵们更加绝望。曹操认为这种情况持续下去，只会让士气更加低落，于是，曹操对士兵说："前面有一大片梅林，大家振作起来，走出这片荒地就可以吃到可口的梅子了。"士兵一听到梅子，就想到了梅子的酸味，口水不自觉地流出来了。大家顿时充满了希望，行军速度也提高了不少，经过一段时间，终于找到了水源。

其实，曹操也不知道前面是否有梅林，不过是利用人们对梅子的条件反射，让士兵看到了希望，有了摆脱困境的勇气。

夏至

科普 //

夏至是二十四节气中的第十个节气，也是夏季的第四个节气。早在西周时期，人们就已经通过土圭测日影的方法确定了夏至日。陈希龄《恪遵宪度抄本》曰："阳极之至，阴气始生，日北至，日长之至，日影短至，故曰夏至。"《月令七十二候集解》曰："夏至，五月中。……万物于此皆假大而至极也。"《汉学堂经解》所集《三礼义宗》曰："夏至为中者，至有三义：一以明阳气之至极，二以明阴气之始至，三以明日行之北至。故谓之至。"夏至的到来说明夏季已经过半，交节时间点对应着公历每年的 6 月 21 日或 22 日，此时，斗柄指午，太阳到达黄经 90 度的位置。夏至日是一年中北半球日照时间最长的一天，阳光几乎直射北回归线，这一天也叫"日长至""日永"。自此日起，太阳逐渐向南回归线移动，白昼渐短，黑夜渐长。这就是"吃了夏至面，一天短一线"的原因。

夏至日时，虽然在节气上夏季已经过半，但"不过夏至不热"，自夏至日始，炎热的夏季正式开始，但夏至日并不是最热的时候，所谓"夏至三庚数头伏"，夏至日后的三伏天才是夏季以及一年中最热的时候。夏至最显著的特点就是高温、潮湿，多暴雨天，长江流域此时正处于梅雨天气。

节气三候

中国古代将夏至分为三候："初候，鹿角解；二候，蜩始鸣；三候，半夏生。"中国古代民间认为，鹿角是朝前生的，属阳，夏至日时，阳气衰而阴气生，所以鹿角开始脱落。五日后，树上的蝉儿开始鸣叫了。又五日，沼泽地和水田中，一种喜阴的草药开始出苗了，因此时夏季刚好过了一半，故而称其为"半夏"。喜阴植物的生长也预示着阳气的衰退和阴气的渐生。

气候特点

夏至期间，我国大部分地区气温较高，日照充足，十分利于农作物的生长。同时，作物生长对降水的需求也较大。此时，全国大部分地区的降水量都明显增加，降水多为雷阵雨，来得猛烈，去得也迅疾。这是由于夏至以后地面受热强烈，空气对流旺盛，容易致雨。但夏至的雷阵雨一般只集中在小范围内，所谓"东边日出西边雨，道是无晴却有晴"，夏至时往往晴雨只隔了一条田坎的距离，就像农谚里说的那样："夏雨隔牛背，乌鸦湿半翅。"而长江淮河流域正处于梅雨季节，降水较充沛，如有夏旱，此时也能缓解。但也容易出现暴雨天气，进而引发洪涝灾害。

气候农事

　　夏至时节，天气越来越炎热，全国呈普遍性高温。此时，东北地区已经开始收割小麦。华北地区开始了紧张的定苗拔草工作，因为夏至时农田的杂草和农作物一样生长旺盛，不仅与农作物争水争肥，而且容易寄生病菌和害虫。西北地区，此时的冬小麦已经成熟，农民开始收割，而对于春小麦则要做好防虫的准备工作，以免虫害对小麦的收成造成影响。所谓"夏至不栽，东倒西歪"，水稻在夏至节气还没栽插完毕，必然会影响水稻的生长。因此，西南地区的水稻抢栽工作已经完毕。华中地区的农民此时主要工作是抓紧单季晚稻的栽插，同时做好双季晚稻秧田的管理工作。华南地区的早稻已经成熟，进入了收获时节。此时农民一方面要及时收割早稻，另一方面，对于中稻要耘田追肥，对于晚稻要开始播种。同时，种植的玉米、早黄豆也到了收获的季节，所以农民要做好抢收工作。"夏至三庚数头伏"，夏至后再过二三十天就会迎来全年最热的伏天，华南东部地区往往会陷入伏旱，因此要早早做好蓄水工作，以保障农作物丰收。

民俗文化

在古代，夏至还与一个传说故事有关。据《左传》记载，少昊为上古五帝之一，曾按不同鸟儿的迁徙时间制定了相关历法。少昊让凤鸟作为掌管历法的总负责者，玄鸟（燕子）掌管春分和秋分，青鸟掌管立春和立夏，丹鸟（锦鸡）掌管立秋和立冬，伯赵（伯劳鸟）掌管夏至和冬至。

周宣王的大臣尹吉甫受到继室挑拨，误杀了前妻留下的儿子伯奇。得知真相后，尹吉甫非常后悔，心中悲痛万分。有一次，尹吉甫在郊外看见一只从未见过的鸟，停在树上不停地对他鸣叫，叫声凄婉。尹吉甫突然想到，这只鸟可能是伯奇的魂魄所化，就对鸟儿说："伯奇劳乎，如果你是伯奇，就飞到我的马车上。"没想到，这只鸟竟然真的飞到了马车上，跟着尹吉甫回家了。

回到家中，鸟儿又飞到井上对着屋子哀鸣。尹吉甫拿起弓箭，假装要射鸟，却射死了继室。伯劳鸟的名字就由"伯奇劳乎"而得。

伯劳鸟的最早记录见于《诗经》："七月鸣鵙，八月载绩。"鵙就是指伯劳鸟，伯劳鸟按照节令鸣叫，所以成为"夏至"的掌管者。

在中国古代，夏至不仅是重要的节气之一，也是一个重要的节日，称"夏节"。早在汉代时，夏至就已经成为较重要的节日。有些朝代，朝廷还有在夏至日放假的习俗，宋代《文昌杂录》中就有记载，朝廷在夏至日会给官吏们放三天的假，让官吏们回家团聚。由于夏至日正处于夏忙，人们的节日活动较少，北方地区主要是祭天祈雨，南方地区则主要是祭天祈晴，但人们祭天拜神的共同目的，主要还是祈求消灾年丰。一方面是感谢上天赐予了夏季的丰收，另一方面则祈求接下来的秋天能够有好的收成。

　　同时，由于夏季天气炎热，夏至日后天气将转入至热的三伏天，因此，人们还会进行消夏避伏。比如，在饮食方面，人们也以防暑为主，制作各种凉食、凉糕，饮用清热消暑的菊花茶、金银花茶等。北方地区还有夏至吃面的习俗，正所谓"冬至饺子夏至面，三伏烙饼摊鸡蛋"。过去，一般用井水来给刚煮好的面条"降温"，待面拔凉后，浇上蒜汁、调料或小菜即可食用。岭南地区则有在夏至吃荔枝的习俗。所谓"夏至食个荔，一年都无弊"，人们认为在夏至吃荔枝，可以抵御疾病的侵害，一年都健健康康。除了饮食方面的习俗，人们还会制作各种工具，如扇子、凉帽、凉席等来防暑。《清嘉录》中就有记载："街坊叫卖凉粉、鲜果、瓜、藕、芥辣索粉，皆爽口之物。什物则有蕉扇、苎巾、麻布、蒲鞋、草席、竹席、竹夫人、藤枕之类，沿门担供不绝。……茶坊以金银花、菊花点汤，谓之'双花'。面肆添卖半汤大面，日未午已散市。"

　　在古代，人们没有空调、冰箱，降温和保存食物该怎么办呢？用冰。每到炎热的夏季，皇家或者一些富贵人家就会拿出"冬藏夏用"的冰块来解暑。早在周代的时候，朝廷就专门设立了管理冰政的"凌人"。《周礼》载："凌人：掌冰正。岁十有二月，令斩冰，三其凌。"人们将冬季储藏的冰块从冰窖中取出，放入青铜制作的冰鉴中，通过冰块融化来降温。皇家在夏季还会取出冰块，赐给大臣纳凉。而民间想要用冰，大多都要靠购买，一些商家会在冬

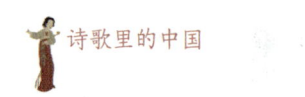

季藏冰,再待到夏季时卖给海鲜店或做冷饮生意的小贩。

  此外,夏至日时,南方地区一般多降雨,空气潮湿,气温又高,极易发生病虫害。因此,还有在农作物上撒菊叶灰的习俗,来防病虫害。

夏夜叹

唐·杜甫

永日①不可暮,炎蒸毒我肠。
安得万里风,飘飘吹我裳。
昊天②出华月,茂林延疏光。
仲夏苦夜短,开轩纳微凉。
虚明见纤毫,羽虫亦飞扬。
物情无巨细,自适固其常。
念彼荷戈士,穷年守边疆。
何由一洗濯,执热互相望③。
竟夕击刁斗,喧声连万方。
青紫④虽被体,不如早还乡。
北城悲笳发,鹳鹤号且翔。
况复烦促倦,激烈思时康。

杜甫,字子美,自号少陵野老,与李白合称"李杜"。杜甫被后世尊称为"诗圣",也被称为杜拾遗、杜工部、杜少陵、杜草堂。

主旨

这首诗描写了夏日的闷热,进而联想到戍边将士的不易,抒发了作者对太平盛世的向往。

注释

①永日:指夏至。夏至日白昼最长,也称日长至。
②昊天:夏天。该词出自《尚书·尧典》:"乃命羲和,钦若昊天,历象日月星辰,敬授人时。"《尔雅·释天》:"夏为昊天。"郭璞注:"言气皓旰。"
③何由一洗濯,执热互相望:这两句是倒装句,指士兵们难耐酷热,只能相互观望,没有办法洗个澡来降温。杜甫这两句是反用《诗经·大雅·桑柔》中的"谁能执热,逝不以濯"之句。执热,苦热。
④青紫:官服的颜色,常用来借指高官。青紫出自《汉书》:"胜每讲授,常谓诸生曰:'士病不明经术;经术苟明,其取青紫如俛拾地芥耳。学经不明,不如归耕。'"李善注引《东观汉记》:"印绶,汉制,公侯紫绶,九卿青绶。"又刘良注:"青紫,并贵者服饰也。"

诗里诗外

杜甫是一位伟大的现实主义诗人,在政治上推崇孔子的仁政思想，个人也有伟大的抱负——致君尧舜上，再使风俗淳。不过，观其一生，他的仕途只能用坎坷或者不得志来形容。

　　杜甫祖上也曾辉煌过。杜家的显赫历史至少可以追溯到西汉时期的御史大夫杜周，杜周作为酷吏不但入选《史记·酷吏列传》，还为杜家积累下"家资巨万"。杜甫青少年时期，家庭条件还是不错的，至少可以算得上生活富足。

　　杜甫自幼聪慧好学，但参加科举考试却名落孙山。后来无论是参加考试还是投赠权贵均无所得，客居长安十年，杜甫始终郁郁不得志，而且生活贫困。

　　杜甫一生虽然没有做过多大的官，但却时刻不忘忧国忧民。正如诗中提到的，过个夏天，他也能想到戍边将士的不易，"念彼荷戈士，穷年守边疆"。也许正是因为胸怀天下，杜甫的诗才能具有这样的高度。如《望岳》中流露出的对祖国大好河山的热爱：

　　　　岱宗夫如何？齐鲁青未了。
　　　　造化钟神秀，阴阳割昏晓。
　　　　荡胸生曾云，决眦入归鸟。
　　　　会当凌绝顶，一览众山小。

如《春望》中对国事的深深忧虑：

　　　　国破山河在，城春草木深。
　　　　感时花溅泪，恨别鸟惊心。
　　　　烽火连三月，家书抵万金。

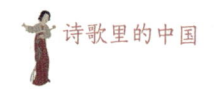

白头搔更短,浑欲不胜簪。

杜甫虽一生穷困潦倒不得志,但始终心怀天下,正如北宋苏轼对其评价:"古今诗人众矣,而杜子美为首,岂非以其流落饥寒,终身不用,而一饭未尝忘君也欤。"

◆明仇英蕉荫结夏图

炎炎夏日,在高石与芭蕉树下,两名高士席地对坐,弹奏乐器,旁边一名童子正在备茶,整幅画面表现了文士的雅兴与惬意。

小暑

科普 //

  小暑，又称"六月节"，是二十四节气中的第十一个节气，也是夏季的第五个节气，从小暑开始，酷暑也就开始了。小暑的"暑"就是炎热的意思，小暑就是小小的炎热，还没热到极点。《月令七十二候集解》曰："小暑，六月节。……暑，热也。就热之中，分为大小，月初为小，月中为大，今则热气犹小也。"小暑的交节时间点对应的公历日期为每年的7月6日至8日中的一天，此时斗柄指丁，太阳位置到达黄经105度。小暑时节除了天气炎热外，还有大量的降水和强风天气。小暑时，全国各地都进入了雷雨暴风最多的季节，大量的强降雨，还常常伴有雷电或冰雹，以至于民间有农谚说"小暑大暑，灌死老鼠"，连藏在洞里的老鼠都被淹死了，可见雨势之大。同时，这一时节还是台风高发的时期，沿海地区常常台风肆虐。

诗歌里的二十四节气

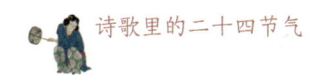

节气三候

中国古代将小暑分为三候:"初候,温风至;二候,蟋蟀居壁;三候,鹰始挚。"小暑时节,全国各地都散发着炎热的气息,大地上没有一丝凉风吹过,所有的风都带着热浪。五日后,因为天气的炎热,连田野中的蟋蟀都躲到稍微阴凉一些的庭院墙角处避暑。《诗经·七月》中就有这样的描述:"七月在野,八月在宇,九月在户,十月蟋蟀入我床下。"此处的"八月"就是指小暑节气。再过五日,因为地面的温度实在太高,连苍鹰都在比较清凉的高空中活动,开始练习搏杀猎食的技术。

气候特点

小暑时,除了西北高原北部仍可见霜雪,中国大部分地区已经进入盛夏。南方地区日平均气温普遍在26℃左右,华南、东南低海拔河谷地区日平均气温开始高于30℃,高温时段可达35℃以上。华南、西南和青藏高原地区,受到来自印度洋和我国西南的季风影响,开始进入雨季。秦岭—淮河一线以北的地区受太平洋的东南季风影响,开始进入雨季,华北、东北降水明显增加且降雨量比较集中。长江淮河流域此时的梅雨季节已经进入尾声,由于受到副热带高压控制,气温显著升高,伏旱期来临。所谓"小暑雷,黄梅回;倒黄梅,十八天",此时南方地区时常出现雷雨暴风天气，这是"倒黄梅"天气的预兆。此时的强降水虽然能在一定程度上缓解伏旱，但也极易造成洪涝灾害，常常伴有的冰雹、台风等天气也会摧毁农作物。

气候农事

对于农民来说，小暑时节是夏秋作物田间管理的重要时刻。东北与西北地区，冬小麦和春小麦进入成熟期，要及时收割。此时的早稻已处于灌浆后期，要做好随时收割的准备；中稻已经拔节，进入孕穗期，要依据水稻的长势及时追施穗肥；单季晚稻正在分蘖，要早施分蘖肥；双晚秧苗要施足"送嫁肥"，防治病虫害。

此时，日照充足，雨量充沛，气温恒高，十分有利于农作物的生长。但同时，所谓"小暑连大暑，锄草防涝莫踌躇"，各种农田间的杂草疯狂生长，必须做好锄草工作，保障农作物的养分供应。此外，"小暑雨涟涟，防汛最当先"，小暑高温多雨的天气也极易引发洪涝灾害，从北方到南方都应做好防涝工作。江淮流域因为进入了伏旱期，降水相对减少，应当做好抗旱工作。

民俗文化

小暑时节，天气已较炎热，高温气候让人们的活动也变少了。但农历的六月六是民间的天贶节，"贶"有赐予、赠予的意思。相传宋真宗赵恒在某年的六月初六，声称自己获得了一本上天赐予的天书，于是便将这一天定为天贶节，还为此在泰山脚下的岱庙建造了一座宏大的天贶殿。

天贶节也称回娘家节、姑姑节、虫王节，人们在这一天会进行各种各样庆祝节日的活动。所谓"六月六晒龙衣，龙衣晒不干，连阴带晴四十五天"。这时候，家家户户都要把家里的衣物、棉被、书画、器具等搬出来晒太阳。由于小暑时，日照充足，地表温度又高，人们觉得在此日晾晒，可以用阳光杀死虫蚁，避免各种物品被虫蛀，因而还有"六月六，晒红绿"的说法。对于佛寺来说，六月六还是翻经节，僧侣们在这一天，会把院里的藏经拿出来翻检曝晒。

除了晒衣物，妇女在天贶节这一天还要回娘家，因而也叫"回娘家节""姑姑节"。民谚说的"六月六，请姑姑"，指的就是在天贶节这天，小孩子要跟随自己的母亲到姥姥家去过节。傍晚回家前，姥姥会在孩子的额头上印上红色的印记，以辟邪求福。

在贵州贞丰等地，六月六还是布依族的传统佳节。节日这天一大早，村寨中德高望重的几位老人便会率领着青壮年们举行传统的祭盘古、扫寨赶鬼的活动。这一节日还有一项盛大的活动就是"躲山"。男女老少穿上特色的民族服饰，带着糯米饭、鸡、鸭、鱼、肉和酒水，到寨子外的山坡上"躲山"。人们聚在一起说古唱今，开展各式各样的娱乐活动。待夕阳西下时，"躲山"的人每家每户都席地而坐，取出自家的美酒美食，相互邀约做客。等响起"分肉咯！分肉咯！"的喊声时，人们会选出身强力壮的小伙子，分成四组，到祭山的地方抬回四只牛腿，其余的人则相互结伴回家，随后各家会派人到寨子里取祭山神的牛肉。自此，整个庆祝活动

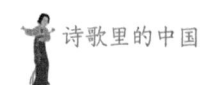

才算结束。

除了庆祝六月六,在过去的民间,人们还有小暑"食新"的习俗,即在小暑过后尝新米。小暑时,大部分夏收作物都已经收获,家家户户在这个时候,都会将新收的稻谷碾成米,做出丰盛的饭菜,在院中、屋内都摆上供桌,来祭祀五谷大神和祖先。安徽的西南部还会在供桌上摆上小麦,贴上"福"字,焚香放炮。供品中,除了新收的谷物,还会有新酿的美酒、新上市的蔬菜等,人们也会在仪式结束后,聚在一起高高兴兴地吃上一顿大餐。

诗歌里的二十四节气

小暑戒节南巡

南北朝·庾信

百川乃宗巨海①,众星是仰北辰②。
九州攸同禹迹,四海合德尧臣。
朝阳栖于鸣凤,灵畤牧于般麟。
云玉叶而五色③,月金波而两轮。
凉风迎时北狩,小暑戒节南巡④。
山无藏于紫玉,地不爱于黄银。
虽南征而北怨,实西略而东宾。
既永清于四海,终有庆于一人。

庾信,字子山,小字兰成,南北朝时期文学家、诗人,著有《庾子山集》。

主旨

这首诗反映了庾信希望南北统一的心愿。

注释

①巨海：指东海。《尚书大传》："百川赴东海。"
②众星是仰北辰：出自《论语》："譬如北辰，居其所而众星共之。"《汉书·天文志》："斗为帝车，运于中央，临制四海。分阴阳，建四时，均五行，移节度，定诸纪，皆系于斗。"
③云玉叶而五色：《古今注》云："黄帝与蚩尤战于涿鹿之野，常有五色云气，金枝玉叶，止于帝上，有花葩之象，故因而作华盖也。"
④凉风迎时北狩，小暑戒节南巡：《礼记·月令》："（孟秋之月）凉风至，白露降，寒蝉鸣。"《尚书》言："五月南巡守，至于南岳。"

诗里诗外

这是庾信《燕射歌辞·羽调曲》中的一首，诗中用典较多，读起来不易理解。这与南北朝时期的骈文盛行有一定的关系。庾信作为骈文的集大成者，在骈文创作方面具有较高的成就。骈文的特点是讲究对偶与用典，庾信的这种文风也影响了其诗歌的创作。

庾信出身书香门第和仕宦世家，"七世举秀才""五代有文集"，曾与徐陵共同出任太子萧纲的东宫学士，成为宫体文学的代表人物，他们的文学风格被称为"徐庾体"。北周代魏后，庾信官至骠骑大将军、开府仪同三司，也被世人称为"庾开府"。杜甫《春日忆李白》有"清新庾开府，俊逸鲍参军"，说明庾信的文章具有清新之气。如《奉和山池》中的这几句："桂亭花未落，桐门叶半疏。荷风惊浴鸟，桥影聚行鱼。"景色清幽，风格清丽明快，完全没有六朝时期宫体诗的绮艳与轻靡，也没有骈赋的晦涩与难懂。

在政治上，庾信的经历较为复杂——历四朝，奉十帝，但他始终推崇儒家"民为贵，君为轻"的思想，希望统治者能够与民同甘共苦。因此，他在《三月三日华林园马射赋并序》中说："卑躬菲食，皂帐绨衣。百姓为心，四海为念。"也就是希望北周的统治者应该像大禹那样把百姓放在心上。

大暑

科普 //

  大暑是二十四节气中的第十二个节气，也是夏季最后一个节气。"暑"是炎热的意思，相对于"小小的炎热"的小暑而言，大暑则是指炎热到了极点。《月令七十二候集解》载："大暑，六月中。解见小暑。""月初为小，月中为大"，此时，热气较小暑而言更盛。大暑的交节时间点对应着公历每年的 7 月 22 日至 24 日中的一天，此时斗柄指未，太阳的位置到达黄经 120 度，是一年中最热的时候。农谚有"小暑不算热，大暑正伏天"的说法，此时正值"三伏"的"中伏"前后，日照为一年中最多，气温也达到一年中最高，并且多雷暴台风，气候潮湿，"湿热交蒸"达到了极点。

节气三候

中国古代将大暑分为三候："初候，腐草为萤；二候，土润溽暑；三候，大雨时行。""萤"就是萤火虫，大暑的前五天，夜晚时，人们会看到萤火虫在草丛间飞舞。古人误以为萤火虫是由腐草和烂竹根转化而生的，但其实这是因为萤火虫将卵产在了水边的草根上，虫卵在次年的大暑时节纷纷化为了萤火虫。又五日，天气开始变得闷热，高温潮湿的气候，使得土壤也变得温暖湿润，十分有利于农作物的快速生长。《管子》："大暑至，万物荣华。"大暑的后五日，由于高温天气加上越来越重的湿气，闷热的气候使得天空中随时都会形成雨水落下。所谓"热极生风，闷极生雨"，此时可以看到路上来往的行人都备有雨具，以防突然袭来的雨水。

气候特点

大暑的气候大致可以概括为四个字，就是"雨热同期"。此时既是一年中日照最多的时候，也是一年中最炎热的时候，还是一年中降水量最多的时候。大暑时节正值一年中三伏的中伏前后，气温达到最高。所谓"热在三伏"，三伏中又属中伏最热，此时除了青藏高原和东北的北部地区，大部分地区的气温都在30℃以上，南方日平均气温常常达到35℃，个别地区还会经常出现40℃以上的高温，全国各地的温度相差不大。同时大暑时节恰逢雨季，雨

量比其他月份明显增多，尤其是雷暴雨天气偏多，高温潮湿的天气使得大暑时节十分闷热。虽然此时炎热的气候对于人体来说并不舒适，却十分有利于农作物的生长。

气候农事

大暑这个节气在农业生产上是十分关键的，此时虽然气候炎热、雷暴雨天气较多，但对于大部分处于伏旱中的农作物来说，却是十分有利于生长的。农民既要忙于收割，还要抢时播种，因此这也是一年中最紧张、最艰苦的收获季节。

大暑时节，华中地区春播的水稻和玉米都已经先后成熟，所谓"禾到大暑日夜黄"，农民要抓住晴好天气，及时抢收。正所谓"大暑不割禾，一天少一箩"，及时抢收有利于避免后期的雷暴雨天气导致庄稼的减产。同时，早收早种，及时收割翻地，适时栽插晚稻，还能够给农作物争取足够的生长期。

虽然大暑时节大部分地区都是"雨热同期"，但我国长江中下游地区仍然处于三伏期间。由于受到副热带高压的控制，降水十分稀少，再加上炎热的天气，导致地表水分蒸发极快，土壤湿度降低，极易发生干旱。所谓"小暑雨如银，大暑雨如金"，此时的作物正处于生长的旺盛期，对水分的需求十分迫切，因此农民须做好抗旱工作，及时灌溉。此外，此时的棉花已处于花铃期，大豆开花结荚，一旦土壤缺水就会导致减产，因此要做好及时灌溉。黄淮平原，此时的夏玉米也已经拔节孕穗，同样是产量形成的关键期，为了避免"卡脖旱"，适时足量的田间灌溉十分重要。在西北地区，农民主要的农事活动就是深耕土地，准备种植冬小麦，同时为种植玉米的土地追肥、灌溉。

民俗文化

相较于小暑，大暑时的民间活动和节日就要多得多了。全国各地的人们都在通过各种各样的形式消暑、送暑，这一点在饮食习俗上体现得最为明显。

在鲁南地区，人们会在大暑这一天喝羊肉汤，称为"喝暑羊"。经过紧张而忙碌的夏收劳动，人们选择全家人聚在一起，吃着新麦做的馍馍，喝着鲜美的羊肉汤，好好地休息一下。因此，逢大暑喝羊肉汤对于鲁南地区的人来说是一个特别的活动，直到现在也依然保留着这一习俗。

而在福建莆田地区，则有逢大暑吃荔枝的习俗，称作"过大暑"。人们将荔枝采摘后浸入冷泉中，食用时再用白色的瓷盆盛出。相传在晚间洗浴之后，新月初升之时食用荔枝最佳。

在广东的很多地区，最重要的一种消暑食品就是"仙草"，因而又有大暑时节"吃仙草"的习俗。大暑时节，人们将仙草的茎叶晒干后做成烧仙草，加入糖水和果汁，吃起来清凉可口，是一种极佳的消暑甜品，广东一带也称为凉粉。除了广东的用仙草做成的凉粉，还有用薜荔（木莲）的果实制作而成的凉粉。清代吴其濬的《植物名实图考》中就有记载这种做法："木莲即薜荔，自江而南，皆曰'木馒头'，俗以其实中子浸汁为凉粉，以解暑。"

除了丰富的饮食习俗，人们在大暑时节还有许多娱乐活动。浙江沿海地区，在大暑时节送"大暑船"是传统的民间习俗。当地专门建有五圣庙，大暑时会举办盛大的庙会，人们聚在一起祭祀祈福、送"大暑船"。相传晚清时，这一带疫病流行，民间则认为是五圣（张元伯、刘元达、赵公明、史文业、钟仕贵均系凶神）所致，故建五圣庙，以佑平安。因此，送"大暑船"意在将"五圣"送出海，送暑保佑一方平安。

古人还有在大暑时节赏荷观莲的习俗。相传每年农历的六月二十四是荷花的生日，每逢这一天，男女老少都会纷纷来到荷塘泛舟赏荷花、消暑纳凉，因此又称"观莲节"。清代文人徐朗斋在《竹枝词》中就描绘了人们在"观莲节"赏荷花的情景："荷花风前暑气收，荷花荡口碧波流。荷花今日是生日，郎与妾船开并头。"

古时，很多地方的农村有喝伏茶的习俗。伏茶一般是用金银花、夏枯草、甘草等煮成的茶水，具有清凉祛暑的功效。不少村子在农历的六月到八月免费提供茶水，村口的凉亭里有专人负责煮茶，以保证茶水的供应。

山西、河南等地在三伏天有晒伏姜的习俗。在三伏天，人们把生姜切片或者榨汁后，拌入红糖，装入容器中，盖上纱布，放在太阳下晾晒。经过晾晒的姜对胃寒、伤风咳嗽等有很好的疗愈效果。

大暑时节，田野间的蟋蟀最多，很多地方都有关于蟋蟀的习俗。大人空闲的时候会带着小孩子到田野里捉蟋蟀，然后找个阴凉的地方斗蟋蟀，成为茶余饭后的一件趣事。

诗歌里的二十四节气

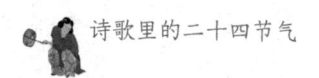

各种各样的民俗活动既丰富了人们的日常生活，让人们在闷热的大暑节气里多了一丝清凉与愉悦，又使劳动者们在繁忙的夏收工作后，得以短暂休息。

◆五代南唐周文矩荷亭奕钓仕女图

亭外池荷盛开,翠叶田田。仕女或倚栏垂钓或持扇观荷,一派夏日悠闲景象。

诗歌里的二十四节气

大暑水阁听晋卿[①]家昭华吹笛

宋·黄庭坚

蕲竹[②]能吟水底龙,玉人应在月明中。
何时为洗秋空热,散作霜天落叶风。

黄庭坚,字鲁直,自号山谷道人,晚号涪翁,又称黄豫章,以谪仙自称,世称金华仙伯,"江西诗派"的开山之祖,中国北宋诗人、词人、书法家。

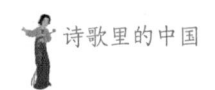

主旨

大暑时节,天气酷热,水阁中,笛声清幽似秋风习习。

注释

①晋卿:王诜的字。王诜为驸马,娶的是宋英宗之女蜀国长公主。王诜与黄庭坚关系密切,常向黄庭坚索要"和诗"。
②蕲竹:又名笛竹,色泽晶莹如玉,以之做笛,"音质清幽柔和,有细水下幽潭,珍珠落玉盘之妙"。蕲竹产于湖北省蕲春县,明代弘治《黄州府志》载:"蕲竹,亦名笛竹,以色莹者为簟,节疏者为笛,带须者为杖。"苏轼《四时词·其三》:"新愁旧恨眉生绿,粉汗余香在蕲竹。"

诗里诗外

黄庭坚作为"江西诗派"的开山之祖,不但诗写得好,字写得也好,与之相交的也都是名人。黄庭坚被邀请到驸马家中听吹笛,可见他们的关系非同一般。驸马王诜可是黄庭坚的"忠实粉丝",常常送诗给黄庭坚让他写和诗。黄庭坚有时也懒得回复。王诜就不断派人送花,黄庭坚不胜其烦,就回复了一首《花气薰人帖》:

花气薰人欲破禅，心情其实过中年。
春来诗思何所似，八节滩头上水船。

意思是你送的花香气熏人，破坏了我修禅的心境，我的心情就像坐船过险滩，哪里能写得出诗来。但也可以看出黄庭坚是真把驸马当朋友，所以才能如此直白地说出自己的心情。

同为送花，王充道在黄庭坚这里的待遇就不一样了。黄庭坚卷入新旧党争后，被贬到四川，后来奉召回湖北，在荆州候命。此时，王充道在荆州做官，就给老友黄庭坚送来了水仙。黄庭坚甚是喜欢，便作诗一首《王充道送水仙花五十枝欣然会心为之作咏》：

凌波仙子生尘袜，水上轻盈步微月。
是谁招此断肠魂，种作寒花寄愁绝。
含香体素欲倾城，山矾是弟梅是兄。
坐对真成被花恼，出门一笑大江横。

黄庭坚虽然很有名气，但在苏轼面前，始终以学生自居，且对苏轼非常敬重。黄庭坚与秦观、晁补之、张耒、陈师道、李廌同为苏轼的学生，被称为苏门六学士，也称苏门六君子。黄庭坚是通过岳父孙觉认识苏轼的。孙觉为苏轼故旧，曾把黄庭坚的诗文拿给苏轼点评。苏轼看后，对黄庭坚赞赏有加。"乌台诗案"发生后，黄庭坚为了苏轼四处奔走，还受到牵连，被罚铜二十斤，后被外放到吉州太和为知县。

黄庭坚一生都对苏轼推崇备至，二人之间留下唱和诗篇有四十多首。

第二辑

秋之节气

立秋

科普 //

  立秋是二十四节气中的第十三个节气，也是秋季的第一个节气。立秋是秋天的开始，是由阳盛逐渐转变为阴盛的节点，此时阳气渐收，阴气渐长。《月令七十二候集解》载："立秋，七月节。……秋，揪也，物于此而揪敛也。"立秋的交节时间点对应着公历每年的 8 月 7 日至 9 日中的一天，此时斗柄指背阳之维（西南），太阳到达黄经 135 度的位置。

  立秋标志着天气开始转凉，但尚不寒冷，同时也标志着万物开始成熟。《管子》曰："秋者阴气始下，故万物收。"《逸周书》中有载："立秋之日，凉风至。"《二十四节气解》也记载："秋，就也，万物成就也。"可见，立秋一方面预示着炎热的盛夏即将过去，气候将更加宜人；另一方面也预示着农作物快要成熟了，秋忙即将开始。

节气三候

中国古代将立秋分为三候:"初候,凉风至;二候,白露降;三候,寒蝉鸣。"俗话说"立秋之日凉风至",说的就是立秋后,空气中吹来的风是凉风,人们会感觉到天气的凉爽。但实际上,由于我国幅员辽阔,各地立秋的气候并不一样。所谓"秋后一伏,晒死老牛",此时中国大部分地区仍然处于夏季的炎热之中,虽然早晚有些凉风,但多数时间里温度依然很高,甚至会超过头伏和二伏,这种炎热的气候也被人们生动地称为"秋老虎"。立秋的二候说的就是五日后,早晨起来,人们就可以看到雾气产生,草木的枝叶上生满了白色的露珠。再过五日,此时的蝉儿由于食物充足,温度适宜,开始在树枝上得意地鸣叫。

气候特点

立秋时节是秋季的开始,天气开始转凉。但我国各地区由于地理位置的不同,真正进入秋季的时间并不相同。按照我国气候学上四季划分的标准,平均气温高于22℃的为夏季,平均气温介于10℃与22℃之间的为春季和秋季。虽然立秋之后在节气上已经是秋季了,但实际上,有些地方进入了秋季,有些地方还停留在夏季。例如,我国东北地区的部分城市,夏季持续的时间比较短,一般在立秋之前就已经有了秋意,平均气温在22℃左右。而我国广州地区，立秋时节的平均气温仍然维持在28℃左右，天气依旧炎热。可见，我国秋季南北温度的差异之大。

立秋也意味着降水和风暴天气趋于减少，空气中的湿度也逐渐下降。由于北方的冷空气东移南下，与南方北上的暖湿气流交汇于秦岭一带，常常为立秋后的北方带来秋雨，所谓"立秋南风紧，秋后必连阴"，特别是华北一带，立秋时节的降水依然很多。南方沿海地区，由于受到海上的热带低压气旋活动影响，依然有台风来袭，天气仍处于酷热。同时，长江中下游地区每年的三伏天的末伏也在立秋之后，因此，气温和降水的变化与夏季相比并不大。

气候农事

立秋之后，虽然大部分地区的气候依然很炎热，但此时太阳已经向南偏移了不少，大秋作物基本都已成熟。所谓"立秋十日遍地黄"，农民们纷纷进入繁忙的秋收中了。华北地区，此时正是春玉米、春谷子的成熟时节，农民要做好收割准备，抢收作物。同时做好棉田管理也很重要，此时的棉花正值裂铃期。所谓"立了秋，把头揪"，农民要抓紧时间给棉花打尖，以控制棉田疯长，加速棉花的裂铃吐絮。此外，由于立秋温度依然较高，气候又很适宜病虫的繁殖，棉田的病虫害防治工作也不可懈怠。

西南地区的大秋作物也都进入了成熟阶段，农民要做好田间管理，促其早成熟，同时做好低温冻害的预防工作。华中地区的双季晚稻处于气温由高到低的环境里，农民必须抓紧高温时期，及时追肥中耕,并且要做好水稻螟虫的防治工作,加强田间管理。华南地区的中稻也已经开始抽穗,农民要及时加施穗肥。

所谓"立秋有雨,秋收有喜",立秋时节适量的降水,十分有利于晚秋作物的成熟。一旦降水不足,农民要及时做好水肥管理,以免作物受旱造成减产。除了忙碌的秋收和大秋作物的田间管理,还要做好短期作物的播种,例如绿豆、大葱、芋头、大白菜等作物要赶在立秋前后抢种。

民俗文化

立秋和立春、立夏一样,在中国古代也是一个十分重要的节气。作为一个新的季节的开始,除了有"迎春""迎夏",当然还有"迎秋"。每年立秋这天,周天子都会率领三公九卿到西郊迎秋,还会举行祭祀仪式。《吕氏春秋》中记载:"先立秋三日,大史谒之天子,曰:'某日立秋,盛德在金。'天子乃斋。立秋之日,天子亲率三公九卿诸侯大夫以迎秋于西郊。还,乃赏军率武人于朝。"古代的迎秋是一场全国性的活动,由天子领头,在立秋日的前三天,便由大史告知天子立秋的日子,天子提前沐浴斋戒,待立秋日当天,再由天子率领群臣,到西郊举行盛大的迎秋仪式。仪式结束回朝后,天子还要犒劳众军士。

除了朝廷的迎秋仪式,民间在立秋前后也有各种各样的活动和习俗。其中,最重要的就是中国传统的情人节——七夕节。七夕节一般在立秋的前后,相传这是牛郎织女一年一次相会的日子。

古代的人们在七夕这天都会祭拜月亮、讲牛郎织女的爱情故事，年轻的女子还会穿着新衣在庭院中摆上茶、酒、水果、"五子"等祭品，向织女乞求智巧，即"乞巧"。

所谓"乞巧"，一方面是年轻的女子祭拜织女，乞求织女传授自己灵巧的手艺，让自己能够觅得如意郎君；另一方面则是年轻的女子聚在一起"斗巧"，大家穿针引线，做些小物件摆出来，验巧赛巧。当然，民间各地乞巧的方式各有不同，有穿针引线的、有蒸巧馍馍的，有烙巧果子的，还有生巧芽的……各有各的趣味。

七夕乞巧的习俗最早可以追溯到汉代，《西京杂记》中就有记载："汉彩女常以七月七日穿七孔针于开襟楼，俱以习之。"唐代的唐太宗和妃子们就喜欢在七夕这一天夜宴，宫女们也各自乞巧。宋元之际，京城中还设有专门卖乞巧物品的市场，称"乞巧市"。人们会在乞巧市中逛街，购买乞巧物件。随着七夕节乞巧活动越来越活跃，甚至发展出了热闹非凡的七夕庙会。《东京梦华录》中就记载有这样的盛况："七夕前三五日，车马盈市，罗绮满街，旋折未开荷花，都人善假做双头莲，取玩一时，提携而归，路人往往嗟爱。又小儿须买新荷叶执之，盖效颦磨喝乐。儿童辈特地新妆，竞夸鲜丽。至初六日、七日晚，贵家多结彩楼于庭，谓之'乞巧楼'。铺陈磨喝乐、花瓜、酒炙、笔砚、针线，或儿童裁诗，女郎呈巧，焚香列拜，谓之'乞巧'。"在江南地区，七夕节这天人们会搭彩楼，妇女之间还有相互赠送彩线的习俗。

七夕节期间，妇女们拜织女星乞巧，士人们则多拜魁星、魁星爷。此外，在祭拜魁星的同时，人们还会玩一种"取功名"的游戏，即用桂圆、榛子、花生这三种干果，来分别代表状元、榜眼、探花三甲。玩游戏的这个人,各拿一种干果在手中,朝桌子上投去,让干果自由滚动,看哪一种干果滚到了谁的面前,那么就代表这个人是哪一鼎甲,一直玩到大家都有功名,游戏才算结束。

过去民间在立秋这天有戴楸叶的习俗。楸与秋同音,人们戴楸叶表示迎接秋天的到来。民间则认为立秋戴楸叶可保一秋平安。戴楸叶的习俗可以追溯到唐朝。每到立秋时,长安城里满街都是售卖楸叶的商贩,人们争相购买,剪成花戴在鬓边。戴楸叶的习俗到宋朝依然盛行。据《东京梦华录》记载:"立秋日,满街卖楸叶,妇女儿童辈,皆剪成花样戴之。"如果说北宋时,戴楸叶是妇女儿童的"专利",那么到了南宋,就是不管男女,都会戴楸叶。《临安岁时记》中说:"宋代,立秋之日,男女都戴楸叶,以应时序。"

此后,一直到清朝,各朝都有戴楸叶的习俗。现在有些地方还保留了戴楸叶的习俗,人们还会把楸树枝编织成草帽戴。

立秋时,有的地方有"咬秋"(也称"啃秋")的习俗。各地"咬秋"所吃的食物不尽相同,有的地方吃西瓜,有的地方吃桃,有的地方吃山芋,有的地方啃玉米棒子等。清朝张焘在《津门杂记·岁时风俗》中说:"立秋之时食瓜,曰咬秋,可免腹泻。"浙江等地认为在立秋日同食西瓜和烧酒,可以预防疟疾。江苏的一些地方认为立秋日吃西瓜,可以不长秋痱子。

虽然谚语有"立了秋,把扇丢"的说法,但实际上,立秋日这天,我国大部分地区还是比较热的,更谈不上秋风萧瑟了。但在一些文人墨客的眼中,立秋总能引起他们的愁绪。白居易的《立秋日登乐游园》:"独行独语曲江头,回马迟迟上乐游。萧飒凉风与衰鬓,谁教计会一时秋?"令狐楚的《立秋日》:"平日本多恨,新秋偏易悲。

燕词如惜别,柳意已呈衰。事国终无补,还家未有期。心中旧气味,苦校去年时。"方薲的《立秋》:"星光如月映长空,惊起愁眠夜向中。残暑不妨欺枕簟,隔窗鸣叶是西风。"

在立秋期间,各地各民族的人们还有各种不同的习俗。例如,华北地区在立秋有"贴秋膘"的习俗;安徽和江苏北部地区有在立秋之夜"摸秋"的习俗;西南的少数民族还会在立秋期间过吃新节。

木兰花慢·盼银河迢递

清·纳兰性德

立秋夜雨，送梁汾①南行

盼银河迢递，惊入夜，转清商②。乍西园蝴蝶，轻翻麝粉，暗惹蜂黄③。炎凉。等闲瞥眼，甚丝丝、点点搅柔肠。应是登临送客，别离滋味重尝。

疑将。水墨画疏窗。孤影淡潇湘。倩一叶高梧，半条残烛，做尽商量。荷裳。被风暗剪，问今宵、谁与盖鸳鸯。从此羁愁万叠，梦回分付啼螀④。

纳兰性德，叶赫那拉氏，字容若，原名纳兰成德，号楞伽山人，清朝初年词人，著有《通志堂经解》《侧帽集》《渌水亭杂识》等。

主旨

这是一首送别之词,以夜雨梧桐、疏影残烛来烘托伤感的心境。

注释

①梁汾:顾贞观,又名华文,字华峰,一作华封,号梁汾。
②清商:古代五音之一,其调悲凉凄切。此处指入夜后的秋雨之声。
③蜂黄:花黄,额黄,古代妇女涂额用的黄色装饰。此处指蜜蜂。
④啼螀:悲鸣的蝉。方千里《渔家傲》:"冷叶啼螀声恻恻。银床晓起清霜积。"

诗里诗外

纳兰性德家世显赫,母亲出身爱新觉罗皇族,父亲纳兰明珠为康熙时期的重臣,曾祖父的妹妹乃皇太极的生母。不过纳兰性德并非纨绔子弟,自幼饱读诗书,十七岁就入国子监,十八岁考中举人,十九岁成为贡士。

纳兰性德在词坛享有很高的声誉,词风清新、哀婉,被誉为"清代第一词人"。王国维在《人间词话》对其评价:"北宋以来,一人而已。"纳兰性德短暂的一生虽生活富足,却也饱尝了人间的离愁别苦,所以其送别的诗词充满伤感。如《于中好》:

握手西风泪不干,年来多在别离间。遥知独听灯前雨,转忆同看雪后山。

凭寄语,劝加餐。桂花时节约重还。分明小像沉香缕,一片伤心欲画难。

纳兰性德对朋友的离开很是不舍,以朴实的语言劝朋友好好吃饭,让人感受到一种友人间的温情。看着画好的小像,却怎么也不满意,因为词人对朋友的思念是画不出来的。

纳兰性德为人所熟知,与他的"多情"分不开,后人常常将他与仓央嘉措对比。纳兰性德在词中表现出来的深情与专情是吸引人的关键,如《画堂春》:

一生一代一双人,争教两处销魂。相思相望不相亲,天为谁春?

浆向蓝桥易乞,药成碧海难奔。若容相访饮牛津,相对忘贫。

"一生一代一双人",在古代社会,这种对待感情的态度是多么难得啊。这是纳兰性德对初恋的怀念。纳兰性德与表妹谢氏有一段青梅竹马的恋情,两人到了谈婚论嫁的时候,无奈谢氏被选入宫,这段感情只能无疾而终,在纳兰性德的心中留下了无法愈合的伤痕。

处暑

科普 //

　　处暑是二十四节气中的第十四个节气，也是秋季的第二个节气。此时斗柄指申，太阳到达黄经 150 度的位置，交节时间点对应公历每年的 8 月 22 日至 24 日中的一天。处暑即"出暑"，"处"有"躲藏、终止"的意思，《说文解字》："处，止也。"《月令七十二候集解》载："处暑，七月中。处，止也。暑气至此而止矣。"意思是到处暑时，夏季炎热的暑气才散去。到了处暑，最热的三伏天也就完结或接近尾声了，虽然处于短期回热的天气（秋老虎），但每年秋老虎的时间并不一定。《群芳谱》中就说处暑时"阴气渐长，暑将伏而潜处也"。从处暑开始，虽然天气有时候依然炎热，但气温逐步走低的趋势也进一步明显。

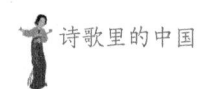

节气三候

中国古代将处暑分为三候:"初候,鹰乃祭鸟;二候,天地始肃;三候,禾乃登。"处暑时节的前五日,由于气温比夏季时凉爽了些,人们会看到各种鸟儿都出来活动,此时雄鹰也开始捕猎,它们将捕到的吃不完的鸟儿放在地上,好像祭献鸟儿一般。又过五日,气温下降明显,大地有了凉气,可以看到一些草木已经开始发黄,天地间有了一股肃杀之气。再过五日,"禾乃登",此处的"禾"是农作物的总称,主要指在秋季成熟的黍、稷、稻、粱等;而"登"就是成熟的意思。此时农田中的庄稼已经开始大面积成熟,农民们也进入了紧张的秋收、秋藏工作。

气候特点

处暑是一个反映气温变化的节气,处暑到了,就表示炎热的暑天结束了,随之而来的便是秋天的凉意。处暑是一个明显的降温转折点,此时太阳直射点继续南移,太阳辐射减弱,我国大部分地区天气转凉。所谓"暑去寒来",虽然立秋到处暑这段时间内还会受到秋老虎的影响,维持短期的炎热,但处暑之后,便不会再有高温出现,到白露之后便是真正的凉爽了。

处暑是热节之尾,凉节之首。此时昼夜温差变大,早晚凉,中午热,平均气温要下降2~3℃,降水也会减少,气候变得干燥。

所谓"一场秋雨一场凉",处暑时节降水量明显下降,但仍会出现雷暴天气,降雨过后,气温也会随之下降,凉爽的秋意会在夜晚袭来。秋雨既给人们带来了凉意,对农作物也大有好处。

气候农事

处暑时节,大秋作物都已经成熟。东北地区的农民开始收割糜子、谷子和早玉米。华北地区的谷子、春玉米、高粱等作物也都先后成熟,农民们纷纷开镰、打场、入仓;棉花也进入紧张的采收阶段。而西北地区和长江中下游地区的农民则主要为冬小麦的选种、拌种做准备,此时一场适时的秋雨,对于即将播种的冬小麦尤为重要。西南地区的主要农事则是水稻的病虫害的防治工作,农民要利用晴好天气,及时喷洒农药,做好田间管理。

晚秋作物的生长对水分的需求很大,但处暑之后,我国大部分地区的雨季都即将结束,尤其是华北、东北和西北地区,此时要抓紧做好蓄水、保墒工作,以防止秋种期间出现干旱而延误播种,影响农作物来年的收成。

民俗文化

处暑前后的节日民俗也有很多,全国各地都会举办不少活动。这其中,场面最为盛大的当属农历七月十五的中元节。中元节是

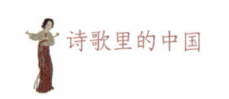

中国的传统节日,也称"七月半""鬼节",佛教称"盂兰盆节"。在中元节这天,人们会举行祭祖仪式、放河灯、祀亡魂、焚纸锭、祭祀土地等。

中元节原是上古时民间的祭祖节,俗称"七月半"。而"中元节"这一名称则是源于道教的说法,"盂兰盆节"则是佛教的说法。相传农历七月十五是地官大帝的诞辰,这一天,鬼门大开,各路鬼魂四出,正所谓"七月半,鬼乱窜"。因此,民间在这一天都会举行祭祖仪式,以祈求地官赦免祖先亡魂的罪过,同时这一天也是祭祀一切亡灵的日子。人们祭祖的方式有两种:一种是家祭,在自家的祠堂内祭祀;另一种是墓祭,到祖先的墓地去祭祀。在祭祀祖先的同时,人们还会祭祀一下孤魂,以免他们在阴间为难自己的亡亲,为此民间还有在农历七月十五日夜为孤魂"烧孤衣"的习俗。如果孤魂没有人祭祀,公众就会请佛道法师"普度"。《泉州岁时记·中元》中有载:"各家各户皆备办菜肴祭祀祖先……据传那些无'家'可归的孤魂散鬼,可获赦罪,来到人间享受'普度'祭祀。"另外,由于中元节这天是众鬼在阳间游走的日子,入夜后在外行走就有与鬼相遇的危险,因而在农历七月十五这天切忌出门。

"盂兰盆"是梵语的音译,本义为"救倒悬",说的是释迦牟尼的弟子目连求佛救度母亲的故事。因此,在农历七月十五中元节这天,佛教众僧尼会举行盂兰盆会,诵经施食,宣称可以使施主今生父母和七世父母得以度厄脱难。后此俗流传开来,民间各地也在中元节这天"为作盂兰盆,施佛及僧,以报父母长养慈爱之恩"。

此外,中元节之夜还有放河灯的习俗,又称放水灯、放湖灯。

放河灯原本也是由寺庙兴起的，后来才传入了民间。相传放河灯是为鬼魂引路的，人们在一块小木板上扎一盏灯，在天刚黑时，放河灯的人们同时点亮蜡烛，让河灯顺着水流漂浮而下，届时"烛影摇红，似洒满江金银"。《燕京岁时记·放河灯》中就记载了中元节时人们放河灯的情景："运河二闸，自端阳以后游人甚多。至中元日，例有盂兰会，扮演秧歌、狮子诸杂技。晚间沿河燃灯，谓之放河灯。中元以后，则游船歇业矣。"

中元节在少数民族地区也十分流行，如满族、壮族、毛南族、黎族、畲族、土家族等都过中元节。2011年，国务院公布香港特别行政区申报的"中元节（潮人盂兰胜会）"入选第三批国家级非物质文化遗产名录，列入民俗项目类别。

处暑以后，我国沿海地区会举行开渔节。这个时候是渔业的丰收期，休渔期结束，人们期盼渔业丰产，会举行各种活动，欢送渔民出海。如浙江省象山县在1998年举办了第一届开渔节后，每年都会举行开渔节。开渔节不仅有祭海仪式，还有各种文旅活动，吸引了各地的游客。

除了上述民俗活动，处暑时节，云南西双版纳有泼水狂欢的习俗；北京有吃鸭子的习俗，过去，人们认为农历的七月中旬是鸭子最肥美的时候，而且鸭肉味甘性凉，吃鸭子可以缓解秋乏和秋燥。

诗歌里的中国

处暑后风雨

元·仇远

疾风驱急雨,残暑扫除空。
因识炎凉态,都来顷刻中。
纸窗嫌有隙,纨扇①笑无功。
儿读秋声赋②,令人忆醉翁③。

仇远,字仁近,一字仁父,自号山村、山村民,人称山村先生。宋末元初文学家、书法家,著有《金渊集》。

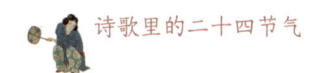

主旨

这首写的是处暑后的风雨,抒发的是亡国之痛,寄托的是对故国的思念。

注释

①纨扇:又称团扇、罗扇、宫扇,用细绢制成,因形似圆月,宫中多用之,故得名。西汉成帝的妃子班婕妤,有才名,因赵飞燕姊妹入宫而失宠,写有《怨歌行》,也称《纨扇诗》《团扇诗》,"常恐秋节至,凉飙夺炎热。弃捐箧笥中,恩情中道绝",借扇子表达失宠后的复杂心理。
②秋声赋:欧阳修的辞赋作品。《秋声赋》以"悲秋"为主题,表达的是人生的苦闷。诗人借儿童读《秋声赋》,怀念的是宋朝对文化的重视。
③醉翁:欧阳修的别号。欧阳修被贬滁州时,自号醉翁,在此写下了著名的《醉翁亭记》。

诗里诗外

仇远,生于南宋末年,虽有才名,但生逢乱世,作品中表现的多是忧国之情。南宋灭亡后,仇远也被征召,迫于无奈,做了一段时间的儒学教授,不久就罢归,游历山河以终老。

仇远的人生经历让人想起不食周粟的伯夷、叔齐。据《史记·伯夷列传》记载："武王已平殷乱，天下宗周，而伯夷、叔齐耻之，义不食周粟，隐于首阳山，采薇而食之。"伯夷、叔齐是商朝孤竹国国君的儿子。不过孤竹君更喜欢三儿子叔齐，在遗嘱中把王位传给了叔齐。国君死后，叔齐认为不能破坏立长子为王的规则，坚持让位给大哥伯夷。伯夷为了让弟弟能安心地做国君，就悄悄离开了。伯夷走后，叔齐无心管理国事，也离开王宫去寻找哥哥。找到伯夷后，两人一合计，谁也不做国君了，干脆投奔西伯昌（周文王）去了。

兄弟俩在周文王那里定居下来。后来文王死后，武王继位，准备讨伐商纣王。伯夷、叔齐就在路上拦住武王的马，苦苦劝谏："父死不葬，爰及干戈，可谓孝乎？以臣弑君，可谓仁乎？"意思是说你父亲死了不下葬，反倒兴兵讨伐，这是不孝啊！以臣弑君，这是不仁啊！武王身边的人想要杀了他们二人。姜太公赶紧上前阻止，说这两个人是贤士。

后来，武王平定殷乱，天下宗周。伯夷、叔齐离开后，非常后悔，并以奔周为耻，就发誓不食周粟。他们隐居首阳山，采薇而食。有一天，二人正在采薇，遇到一妇人，妇人见他们瘦骨嶙峋，就把身上的干粮送给他们。二人说他们不吃周粟。妇人很不解，就说："既然你们不吃周粟，那么野菜也是周朝的土地上长出来的！"伯夷、叔齐一听，觉得妇人说得有道理，从此，他们连野菜也不吃了。快饿死前，二人作了一首歌："登彼西山兮，采其薇矣。以暴易暴兮，不知其非矣。神农、虞、夏忽焉没兮，我安适归矣？于嗟徂兮，命之衰矣！"

伯夷、叔齐不食周粟，饿死首阳山的故事受到孔子的推崇。

一直到后世,伯夷、叔齐也是坚持气节的榜样。南宋末年,"国破山河在"的情况下,画家李唐以伯夷、叔齐不食周粟为题材,画了一幅《采薇图》,歌颂二人的气节。同为南宋末年的仇远,心中是否也以二人为榜样呢?

白露

科普 //

　　白露是二十四节气中的第十五个节气，也是秋季的第三个节气。露的生成是由于气温降低，空气中的水汽在地面或草木等物体上凝结为水珠。因此，白露是反映自然界寒气增长的一个重要节气，有气温下降、天气转凉之意。《月令七十二候集解》曰："白露，八月节。秋属金，金色白，阴气渐重，露凝而白也。"此时北斗七星的斗柄指向庚，太阳到达黄经165度的位置，交节时间点对应着公历每年的9月7日至9日中的一天。白露时节最显著的特征便是天气转凉，昼夜温差大，农谚中就有"过了白露节，夜寒日里热"的说法。

诗歌里的二十四节气

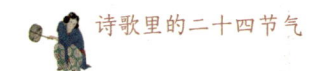

节气三候

中国古代将白露分为三候:"初候,鸿雁来;二候,玄鸟归;三候,群鸟养羞。"从白露时起,北方的天气渐渐寒冷,已经不适合大雁这种候鸟生活了。因此,白露节气之初,人们就能看见成群结队的大雁飞往南方越冬。除了大雁这种候鸟,生活在屋檐下的玄鸟,即燕子,也因为天气转凉,准备南飞越冬了。再五日,各种鸟儿们都开始贮存干果粮食以备寒冬了。这里的"羞"即"馐",指各种食物,因为白露时节恰是秋天果实丰收的季节,因而鸟儿们也拥有了丰富的食物,开始养护增生自己的羽毛,并且面对即将来临的寒冬,它们早早地便开始屯粮了。

气候特点

白露时节,我国大部分地区都已是天高气爽、云淡风轻,夏日炎热的暑气也已经彻底消去。随着夏季风的离去,冬季风逐渐加强,冷空气南下频繁。白天由于有日照尚热,但傍晚后,由于夜间常晴朗少云,地面辐射散热快,温度下降迅速并逐渐加快,昼夜温差大,并且由于夜晚温度较低,还出现了露水现象。正所谓"白露秋风夜,一夜凉一夜",白露反映的正是由夏季到秋季的一个季节转换。此时,华南地区的平均气温要比处暑时节低3℃左右,大部分地区的平均气温已经降到了22℃以下,全国范围内基本上都已经进入了秋季。

除了气温的迅速下降,白露还是一个秋雨绵绵的时节。此时中国北方地区的降水明显减少,气候比较干燥。南方地区则会有秋雨降临,由于频繁南下的冷空气与台风相汇,冷暖空气势均力敌,形成了连续的低温阴雨天气。对于长江中下游地区来说,一场秋雨虽然可以缓解伏旱造成的缺水情况,但民间认为白露节下雨是个不好的征兆,因为"白露前是雨,白露后是鬼",白露后的暴雨或低温连着阴雨对秋季作物生长十分不利。

气候农事

白露既是秋收的时节,也是秋种的时节,此时全国各地都处于繁忙的农事活动中。东北平原地区,谷子、大豆、高粱等作物都已成熟,收割工作开始,一些地方的新棉采摘工作也已经开始。农民抢收的同时,还要给棉花、玉米、高粱、谷子、大豆等作物选种留种,并及时翻耕土地,抢种小麦。华北地区的各种大秋作物也已经成熟,开始进行收获,秋收的同时,还要抓紧送肥、耕地、防治地下虫害,为种麦做准备。西北地区的冬小麦已经开始播种。黄淮地区以及江淮以南等地的单季晚稻也已扬花灌浆,双季晚稻即将抽穗,需要抓紧浅水勤灌,加强田间管理,促进早熟,同时需要预防低温阴雨天的侵害,注意防治稻瘟病、菌核病等病害。西南和华中地区的水稻都已成熟,需要抓紧时间收割。华中地区的夏玉米也开始收获,晚玉米则要加强水管理,而西南地区的晚秋作物如玉米、

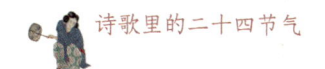

甘薯等则要加强田间管理，避免低温霜冻造成的危害。

民俗文化

　　白露节气里有许多民俗，其中一定要提到的就是秋社。在中国古代，秋社和春社一样，是祭祀土地神的"社日"。秋社一般是在立秋后的第五个戊日举行，一般在白露、秋分前后，是十分重要的日子。按照中国传统的民间习俗，每到播种或收获的季节，农民都要祭祀土地神，以祈求、酬谢。秋社便是一种欢庆丰收、酬谢土地神的庆祝活动。宋代时有食糕、饮酒、妇女归宁之俗。《东京梦华录》中就有记载秋社日的情景：家家户户以社糕、社酒相互赠送；达官显贵、皇亲国戚、皇宫内院都制作社饭，用来招待客人和用作祭祀的供品；妇女在这一天还会回娘家，晚上才归来。宋代吴自牧《梦粱录·八月》中还有朝廷及州县差官于秋社日祭社稷于坛的记载。清代文士顾禄在《清嘉录·七月·斋田头》中也描述了农家"各具粉团、鸡黍、瓜蔬之属"，在田间十字路口祭祀田神的景象。

　　饮白露茶是南京地方特色的节气习俗，民间有"春茶苦，夏茶涩，要好喝，秋白露"的说法。所谓的白露茶就是在白露时节采摘的茶叶，此时的茶树经过夏季的酷热，茶叶较春茶的鲜嫩要熟一些，较夏茶的苦涩要甘醇一些，因而更受老茶客们的喜爱。

　　江苏太湖地区在白露时节则有祭禹王的习俗。因为禹王是传说中的治水英雄，所以当地的渔民都将禹王称为"水路菩萨"，每年的白露时节，都会举行盛大的香会祭祀禹王。香会一般要持续举办七天，分为祭拜、酬神、送神三个部分，祭祀中的供品也是以渔民在太湖中捕捞的水产为主。渔民通过祭祀禹王的形式，来祈求禹王保佑太湖风平浪静，渔民们也能够有丰盛的收获。

江苏、湖南、浙江等地有饮白露米酒的习俗。过去，几乎家家户户都会酿米酒，用来招待客人。白露时节酿出的米酒温中含热，略有甜味，被称为"白露米酒"。白露米酒中的精品叫作"程酒"，得名于酿酒的水来自程江。《九域志》载："程水在今郴州兴宁县，其源自程乡来也，此水造酒，自名'程酒'，与酒别。"酿制白露米酒，用水颇为讲究，酿制方法也自有特色。需要先酿制白酒和糯米糟酒，再按一定比例将白酒倒进糟酒里，装坛即可。酿制程酒就需要加入糁子水，再装坛密封，埋入地下或窖藏，可存放数年或几十年再取出饮用。埋藏越久，酒味越清香。光绪元年的《兴宁县志》载："色碧味醇，愈久愈香。"

除此以外，民间各地在白露时节都有着不少习俗，福建福州地区有"白露必吃龙眼"的习俗；浙江温州等地则有过白露节的习俗，人们在这一天还会吃"十样白"煨鸡（或鸭子）。

南柯子①

宋·仲殊

十里青山远,潮平路带沙②。数声啼鸟怨年华。又是凄凉时候在天涯。

白露收残月,清风散晓霞。绿杨堤畔问荷花:记得年时沽酒③那人家?

仲殊,字师利,本姓张,名挥,仲殊为其法号,北宋僧人、词人。

诗歌里的中国

主旨

这是一首悲秋词,作为僧人,词人却对尘世生活充满眷恋。

注释

①南柯子:又名《南歌子》,唐教坊曲名,后用作词牌名。
②潮平路带沙:潮平,潮落。苏轼《望海楼晚景》:"雨过潮平江海碧,电光时掣紫金蛇。"
③沽酒:卖酒。西汉卓文君与司马相如私奔后,曾在成都的街头当垆卖酒。韦庄《菩萨蛮》:"垆边人似月,皓腕凝霜雪。"

诗里诗外

相传,仲殊年轻时风流倜傥,流连青楼歌馆。妻子对他非常不满,于是就在他的食物里下毒。仲殊虽然保住了性命,但也对家庭心灰意冷,不敢与妻子再生活在一起,同时也觉得自己的放浪行为对不起妻子,便选择"净身出户"。离开家的仲殊没有地方可以去,加上中毒造成的后遗症——吃不了肉,干脆到寺院落发为僧了。

仲殊天生多情,即使剃了三千烦恼丝,也斩不断他对红尘俗世的眷恋。因此,出家后没多久,仲殊就离开寺院,前往宋朝当时最热闹繁华的苏州、杭州。仲殊除了不吃肉,酒照喝,美女照看,僧人的身份对他毫无约束,他甚至还填艳词。所以说,"记得年时沽酒那人家",忆的不仅是酒,更是卖酒的女子。再看《金明池·天阔云高》:

天阔云高,溪横水远,晚日寒生轻晕。闲阶静、杨花渐少,朱门掩、莺声犹嫩。悔匆匆、过却清明,旋占得、余芳已成幽恨。却几日阴沉,连宵慵困,起来韶华都尽。

怨入双眉闲斗损,乍品得情怀,看承全近。深深态、无非自许,厌厌意、终羞人问。争知道、梦里蓬莱,待忘了余香,时传音信。纵留得莺花,东风不住,也则眼前愁闷。

这是一首伤春词,上片抒写春愁,下片描写闺怨,表现出年轻女子的娇羞情态,或慵懒、或伤感、或哀怨、或甜蜜,一个感情真挚、热烈而又羞涩矜持的女性形象跃然纸上。

很难想象这样一首细腻的词竟然出自僧人之手。所以有人认为仲殊的言行不符合僧人的身份,但仲殊并不在乎,因为他就是这样一位不拘礼法的和尚。

秋分

科普 //

秋分是二十四节气中的第十六个节气,也是秋季的第四个节气。"分"是"平分",与春分类似,秋分则是将秋季平分,因为在传统的看法中,从立秋到立冬都是秋季,而秋分刚好处于这一时期的中间,"当秋之半"。同时秋分日时,太阳几乎直射赤道,此时全球各地昼夜相等,《春秋繁露·阴阳出入上下》曰:"秋分者,阴阳相半也,故昼夜均而寒暑平。"因此,这个"分"也是指昼夜的平分。秋分时斗柄指酉,太阳到达黄经180度的位置,交节时间点对应着公历每年的9月22日至24日中的一天。秋分日后,太阳直射点将继续向赤道以南移动,北半球将进入昼短夜长阶段,此时的昼夜温差逐渐加大,气温也日渐降低。

节气三候

中国古代将秋分分为三候："初候，雷始收声；二候，蛰虫坯户；三候，水始涸。"夏季时，由于天气炎热，地表水蒸发快，空气湿度大，对流强烈，雷暴雨天气多发。但到秋季时，天气转凉，阳气渐重，气候也渐渐干燥，雷暴雨天气也逐渐减少。因而到秋分时，已经几乎听不到雷声。由于气温显著下降，寒气使得昆虫们开始藏到地下，并用细土将洞口封实，准备蛰伏越冬。秋分的后五日里，因为降雨量减少，气候干燥，空气中的水分蒸发快，所以河流中的水开始变少，低洼的水沟或沼泽逐渐干涸。

气候特点

秋分后最显著的特点就是昼短夜长，此时太阳直射的位置继续南移，北半球的日照时长越来越短，日照强度越来越弱，夜间的寒气越来越重，昼夜温差逐渐加大，幅度甚至高于10℃以上。不仅是昼夜温差加大，秋分后整体的气温都是在逐日下降的。由于白天得到的阳光辐射越来越少，地面散热多而快，整体气温呈下降趋势。再加上北方的冷空气频频南下，气温从低纬度向高纬度递减，南北温差进一步扩大。从全国来看，西北、内蒙古、东北等北方地区的气温已经降到了10℃以下，华北的气温在10～20℃，长江以南也已经降到了30℃以下。

诗歌里的中国

秋分时节，降雨量显著减少。《逸周书》曰："秋分之日，雷始收声。"此时雷暴雨天气几乎没有了，我国除了东北部分地区和渤海沿岸外，大部分地区的雨季已经结束；而海南和台湾两地，由于仍时时受到台风影响，降雨量依然较多。所谓"一场秋雨一场寒"，秋雨过后，地表水分增多，水分的蒸发又会带走一部分地表贮存的热量，寒气又进一步增加。

气候农事

按照天文学上的规定，北半球的秋季正是从秋分时开始的，此时，全国大部分地区都投入到了秋收、秋耕和秋种的"三秋"工作中。由于秋分后，一遇到冷空气活动，气温下降幅度就较大，庄稼极易遭受冻害。同时，秋分后虽然已经少有雷暴雨天气，但连续的低温阴雨天也极易造成秋收作物的倒伏、霉烂或发芽，严重影响秋季的收成。因此，秋分时一定要抢晴收晒，抢时秋耕，抢时秋种。但因为气候条件不同，各地的"三秋"工作展开情况也不同。

我国的东北地区，此时水稻、玉米、高粱、大豆等都已经成熟，棉花也进入了分期采摘阶段，农民们都投入到紧张而忙碌的秋收中了。与此同时，农民们还要做好田间选种、留种以及播种冬小麦的工作。

所谓"白露早，寒露迟，秋分种麦正当时"，此时华北地区的秋收工作已经进入尾声，小麦的播种已经陆续开始。越冬的小麦对种植温度的要求较高，种早了，叶茎生长繁茂，越冬时容易受冻害，种迟了，麦苗生长细弱，养分积累不足，对越冬返青不利。因而，农民需要依据当地的气候条件，因时因地播种小麦。西北地区的糜子等谷物已经开始收割、脱粒，冬小麦也已经开始播种。

此时"三秋"最忙的当属西南地区，所谓"九月白露又秋分，收稻再把麦田耕"，农民们一面要赶紧抢收水稻和各种秋收作物，另一面还要深耕土地，为冬小麦、油菜等作物的播种做准备，真正是边收边耕边种，一点儿农时都不能耽误。同时，还要做好田间管理工作，以提高土壤肥力，减少病虫害侵袭。

长江流域以及南部的大部分地区，此时正忙着晚稻的收割，"秋分收稻，寒露烧草"，人们纷纷抢晴收割、耕翻土地。同时，整个长江流域的油菜开始播种。

民俗文化

在中国古代，朝廷会在秋分这一天举行隆重的祭月仪式，称为"夕月"。"夕"指的是黄昏，此时月亮升起来了，在黄昏时分祭祀月亮，即为"夕月"。所谓"春祭日，秋祭月"，秋分也就成了传统的祭月节。《国语·鲁语下》："（天子）少采夕月。"天子之所以在秋分时举行祭月仪式，是因为古人认为秋分以后，阴气加重，月神开始主宰世界，所以要祭拜月亮祈福。《宋史》载："按礼，秋分夕月。盖其时昼夜平分，太阳当午而阴魄已生，遂行夕拜之祭以祀月。"

每逢中秋祭月活动时，人们便在香案上摆满时令瓜果和月饼，待月亮升至半空中时，开始祭拜。民间还会用泥土制作成兔爷，在祭拜月亮的同时，人们还会祭拜兔爷。但是，由于秋分这一天在农历中的日期并不固定，导致人们祭月时，并不是每次所见的月亮都正好是圆月，这就难免令人有些扫兴。于是，人们便将祭月节调至中秋，即农历八月十五中秋节这一天。

中秋节，又叫团圆节、八月半，是中国民间的传统节日，自古便有祭月、赏月、吃月饼、走月亮、玩花灯、赏桂花、饮桂花酒等民俗。

唐代时，中秋节成为全国性的节日，因而中秋赏月的风俗盛极一时。无数文人墨客都留下了吟咏月亮的诗篇，唐代诗人王建在《十五夜望月寄杜郎中》中就描写了中秋赏月的情景："中庭地白树栖鸦，冷露无声湿桂花。今夜月明人尽望，不知秋思落谁家。"到宋代时，民间中秋赏月之风更盛，街上的酒楼、小店都挂满了彩绸，叫卖新鲜的佳果和各种美食，寻常百姓都会登上高台赏月，富贵人家也在自己家的楼阁上赏月，家家户户都会团聚在一起赏月、吃月饼。

月饼自古以来就有着吉祥、团圆的寓意，本是祭月时供给月神的供品，后形成了中秋吃月饼的习俗。因此，每逢中秋佳节，家人们聚在一起品尝月饼就是一项必不可少的习俗。宋代《武林旧事》中就已经提到了月饼，明代的《西湖游览志余》卷二十中载："八月十五日谓之中秋，民间以月饼相遗，取团圆之义。"除了吃月饼，人们还会在中秋赏桂花、饮桂花酒、食用各种用桂花制作的糕点，南方地区还有玩花灯的习俗。此外，民间还将嫦娥奔月、吴刚伐桂、玉兔捣药等神话故事与中秋节结合起来，令节日文化更加丰富多彩。

当然，除了秋分祭月的习俗，民间在秋分这一天也有各式各样的活动。比如送秋牛图、吃秋菜、粘雀子嘴、放风筝等习俗。

送秋牛图主要是农人庆祝丰收的一种习俗。在农耕社会，对于农人来说，牛是非常重要的财产和生产工具。因此，每到秋分的时候，就有人走村串巷"送秋牛图"。所谓的秋牛图就是在红纸或黄纸上印的农历节气和农夫耕田图。一般送秋牛图的人口才较好，且善于临场发挥，每到一家，就要根据主人家的情景编出恰当的唱词。这样，主人才会高兴地买走秋牛图。因此，送秋牛图的人也被称为"秋官"。

秋分时，岭南地区的客家人有吃秋菜、粘雀子嘴、放风筝的习俗。秋菜是一种野苋菜，秋分时，人们会摘来和鱼片一起做成秋汤，希望家人吃了可以健康平安。粘雀子嘴是指秋分这天吃汤圆，还要把不包馅的汤圆煮好后插在细竹叉上，放在田头地坎。这种习俗应该是农人为了吓唬鸟雀，以免它们偷食庄稼，其作用类似于田边的稻草人。孩子们在秋分时会放风筝，有时大人也会参与。

◆清董邦达绘御笔中秋帖子诗（局部）

文士立于瑶台观月，展现了深远的秋意。

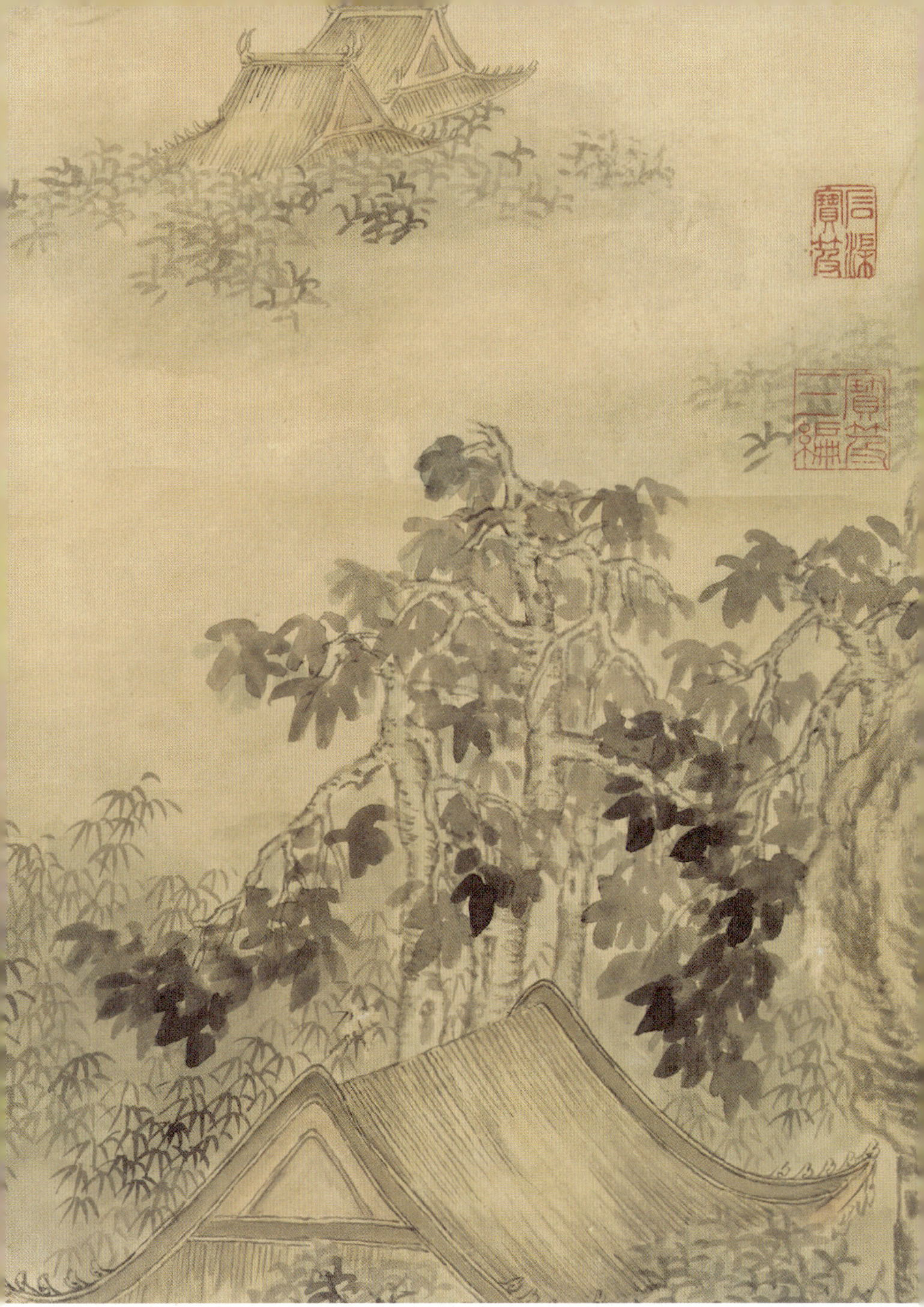
石渠寶笈
寶笈三編

夜喜贺兰三①见访

唐·贾岛

漏钟仍夜浅,时节欲秋分。
泉聒栖松鹤②,风除翳月云。
踏苔行引兴,枕石卧论文。
即此寻常静,来多只是君。

贾岛,字浪(阆)仙,早年出家为僧,法号无本,自号"碣石山人"。贾岛作诗重词句锤炼,人称"诗奴",与孟郊齐名,后人以"郊寒岛瘦"喻二人诗风。

主旨

这首诗表达了诗人与友人畅游的喜悦之情。

注释

①贺兰三：贺兰朋吉，排行第三，唐朝诗人，鲜卑族后裔。其诗风格与贾岛相似。
②栖松鹤：应为鹤栖松的倒置。

诗里诗外

贾岛早年也曾出家为僧，不过他是因为家贫和科举屡试不第才出家的。但贾岛也不是一个"安分守己"的僧人，他的体内住着一个不羁的灵魂，所以对于当时午后禁止僧人外出的规定十分不满。后来贾岛选择还俗，还俗时与一同出家的堂弟无可约好还会出家。无奈"误落尘网中，一去三十年"，他终未能守约。从无可写给贾岛的诗《秋寄从兄贾岛》可以看出：

瞑虫喧暮色，默思坐西林。
听雨寒更彻，开门落叶深。
昔因京邑病，并起洞庭心。

诗歌里的中国

亦是吾兄事,迟回共至今。

无可认为堂兄贾岛不过是被仕途牵绊,至今未能回头,希望其早日放下红尘俗世。

贾岛虽未再次遁入空门,但一生也穷困潦倒,可能其大部分的精力都用于作诗了。贾岛天赋不高,但十分用功,可谓"两句三年得,一吟双泪流",故被称为"苦吟诗人"。

"推敲"一词便来自贾岛。贾岛曾去拜访一位叫李凝的隐士。既然是隐士,自然远离闹市的喧嚣,住在相对偏远的地方,"闲居少邻并"。从贾岛的经济水平和当时的交通状况来看,贾岛最多骑着毛驴过去,所以好不容易到了,却没见到李隐士,这时天色已晚,贾岛便在门上留言《题李凝幽居》:

闲居少邻并,草径入荒园。
鸟宿池边树,僧敲月下门。
过桥分野色,移石动云根。
暂去还来此,幽期不负言。

李隐士家门上的诗与这首略有不同。贾岛当初题写的是"僧推月下门",留下诗就回去了,并告诉李隐士"暂去还来此,幽期不负言",就是说这次来没见到,过段时间还来拜访。

贾岛回去后,还时常琢磨写在李凝家门上的那首诗。有一次,他正在凝神思考,还一边做着推门和敲门的动作,不料冲撞了韩愈的座驾。韩愈就问怎么回事,贾岛便将心中的疑惑告知。

韩愈听后说："'敲'字更好一些，用'敲'字，与夜里的静形成对比，静中有动，不是更好？另外，'敲'也比'推'更有礼貌。"贾岛认为韩愈说得很有道理，就采纳了韩愈的意见。二人从此成为朋友。

寒露

科普 //

  寒露是二十四节气中的第十七个节气，也是秋季的第五个节气。与白露相似，寒露也是一个反映气候变化特征的节气，所谓"寒者露之气，先白而后寒，固有渐也"。可见，寒露时节，露水更浓，寒气更重。《月令七十二候集解》中载："寒露，九月节。露气寒冷，将凝结也。"此时，斗柄指辛，太阳到达黄经195度的位置，交节时间点对应着公历每年的10月7日至9日中的一天。寒露标志着时令已是深秋，气温下降更快，昼夜温差更大，天气干燥更显著，大部分地区开始出现霜冻现象。《诗经》中说："七月流火，九月授衣。"寒露所对应的农历正是九月，此时代表盛夏的"大火星"早已西沉，人们已经开始准备寒衣了，这也意味着寒冷的冬天已经不远了。

诗歌里的二十四节气

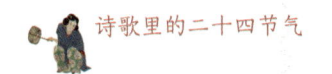

节气三候

中国古代将寒露分为三候："初候，鸿雁来宾；二候，雀入大水为蛤；三候，菊有黄花。"寒露时节已是深秋，距离白露时大雁南飞已经过去一个月了，人们仍然会看到成群的大雁飞往南方越冬。农谚中有"大雁不过九月九，小燕不过三月三"的说法，因此，最后一批越冬的鸿雁也在寒露时飞往南方。"雀入大水为蛤"指的是鸟雀潜入了大海变成了蛤贝。在古代，人们认为离开北方的鸟雀是潜入了大海中，化成了与鸟雀羽毛的花纹相似的蛤贝。虽然不科学，但反映了古人丰富的想象力。寒露时节，虽然百花已经凋零，但菊花却能凌霜盛开。菊花也成了秋季的代表性花卉，被称为"秋菊"。

气候特点

寒露时节，全国大部分地区降温较大，北方地区已经完全是深秋，东北、西北地区也即将进入冬季，西北高原的平均气温已经普遍低于10℃，东北和内蒙古的西北部平均气温甚至已经达到了5℃以下，从气候学上来说，已经是冬季了。由于我国南北纬度跨度大，与即将进入冬季的北方不同，南方地区才刚刚进入秋季，华南地区的日平均气温在20℃左右，但气温却一直呈下降趋势。

寒露以后，除了云南、四川和贵州局部地区偶尔还有雷声外，全国大部分地区的雨季都已经结束，降雨减少，气候更加干燥。同时，由于降水减少，晴好天气较多，日照率高，温度宜人，因此多秋高气爽天气。北方的冷空气势力越来越强，频频南下，南方的秋意更浓了，此时露水也增多了。所谓"露水先白而后寒"，由于寒露节气后，昼夜温差加大，日照强度减弱，寒气渐生，晨露更凉，寒露时节的白露已经凝结为晶莹的寒霜，部分地区还会出现霜冻现象。但部分年份会受到夏季风的影响，造成秋雨绵绵的天气，进而使空气湿度增大，云量增多，雾天增加。秋绵雨的发生一定程度上可以缓解秋播前的干旱，但极易影响"三秋"的进度和质量。

气候农事

所谓"寒露时节天渐寒，农夫天天不停闲"，虽然此时的气温较低，寒气较重，但还是比较适宜秋季播种的。此时的农事活动主要以农作物的收割与播种为主。此时华北地区大部分的小麦已经种下，农民的主要工作便是抢收棉花、荞麦、甜菜等作物，同时利用农闲时间，做好植树造林工作。西北地区的农民主要是忙于冬小麦的播种工作，同时还要为来年的春播做准备。西南地区，由于寒露前后秋风秋雨比较频繁，因此，农民们需要抓住晴好天气，及时抢收水稻、玉米和豆类作物，同时，油菜和豌豆等作物也要抓紧时间播种。华中地区的农民则要做好早熟单季晚稻的收割准备，对于处于灌浆期的双季晚稻，要加强田间管理，做好灌水工作，

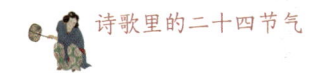

保持田面湿润。此外，南方水稻种植区域还要做好防御"寒露风"的工作，避免作物因霜冻灾害导致减产。

民俗文化

在寒露前后最重要的节日就是九月九日重阳节。重阳节也叫登高节、女儿节、茱萸节、菊花节等。重阳节作为中国传统节日，具有十分悠久的历史。早在战国时期，屈原的《远游》篇中就已经出现了"重阳"二字，到汉代时，已有过重阳节的活动。唐代时，重阳节已成为民间重要的庆祝节日。人们会在重阳节这一天登高、赏菊、插茱萸、吃重阳糕、饮菊花酒。

登高这一习俗，相传起源于汉代"桓景避灾"的故事，南朝梁吴均《续齐谐记》中记载："汝南桓景随费长房游学累年。长房谓曰：'九月九日汝家中当有灾，宜急去，令家人各作绛囊盛茱萸以系臂，登高饮菊花酒，此祸可除。'景如言，齐家登山，夕还，见鸡犬牛羊一时暴死。长房闻之曰：'此可代也。'"此后人们便在九月初九登高、佩戴茱萸、饮菊花酒，以求驱邪免祸。

除了登高、佩戴茱萸，人们还有重阳节赏菊的习俗。寒露节气的物候之一便是"菊有黄花"，此时正是菊花盛开的时节，赏菊便成了重阳节里一项重要的内容。相传赏菊的习俗源于晋代大诗人陶渊明，以爱菊出名，后人为了效仿他，便有了重阳节赏菊的习俗。因此，每逢重阳节，民间就会举办盛大的花会，各类菊花名品荟萃，同时还会点燃菊灯，举办赏花赏灯之宴。清代时，赏菊之习更盛，并且不限于九月九日，但仍然以重阳节前后最为热闹。此外，以菊花为原料制作而成的菊花酒、菊花糕等，也是人们在节日里必不可少的赏菊伴侣。《西京杂记》中就有记载："九月九日，佩茱萸，食蓬饵，饮菊花酒，令人长寿。菊花舒时，并采茎叶，杂黍米酿之，至来年九月九日始熟，就饮焉，故谓之菊花酒。"而吃菊花糕的习俗则源于魏晋时期，唐代时才称"菊花糕"，宋代时也称"重阳糕"，明清时则称"花糕"。"糕"与"高"同音，因此，重阳节吃菊花糕也有"步步高升"的寓意。人们不仅自家食用，也会用来招待归宁的女儿或馈赠亲友。

　　重阳节主要是汉族的节日，但少数民族地区在寒露期间也有各式各样的活动。例如，高山族中的阿美人会在寒露期间举行"观月祭"，乘着皓月当空，人们聚在一起载歌载舞，共享丰收的喜悦。

　　在江南地区，寒露时节还有吃螃蟹、秋钓边的习俗。寒露时节是螃蟹最肥美的时候，这时的雌蟹黄膏丰腴，有谚语"寒露发脚，霜降捉着，西风响，蟹脚痒"。除了常见的蒸食螃蟹，浙江地区还有吃醉蟹的习俗。醉蟹一般用米酒来腌制，也有以盐水腌制的。"秋钓边"是指在浅水区钓鱼。寒露时气温下降，深水区的温度较低，鱼儿便游向水温较高的浅水区，并且浅水区中有丰富的食物，吸引鱼儿到浅水区觅食。因此，在浅水区就能钓到鱼。

秋日望西阳

唐·刘沧

古木苍苔坠几层,行人一望旅情增。
太行山下黄河水,铜雀台西武帝陵①。
风入蒹葭②秋色动,雨余杨柳暮烟凝。
野花似泣红妆③泪,寒露满枝枝不胜。

刘沧,字蕴灵,中晚唐诗人,善饮酒,好谈古今,科举不顺,考中时已白发苍苍。

主旨

这是一首悲秋的诗,通过写景表达了作者内心的悲苦与凄凉。

注释

①铜雀台西武帝陵:铜雀台,曹操所建。武帝陵,曹操的陵墓。曹操死后被追封为魏武帝,葬于铜雀台西的高陵。刘辰翁《江城梅花引·相思无处著春寒》:"不惜与君同一醉,君不见,铜雀台,望老瞒。"
②蒹葭:芦苇,多用来形容秋色。《诗经》:"蒹葭苍苍,白露为霜。"
③红妆:女子的妆容。苏轼《浣溪沙》:"惟见眉间一点黄。诏书催发羽书忙。从教娇泪洗红妆。"

诗里诗外

千百年来,铜雀台备受文人青睐。而铜雀台的建立源于曹操的一个梦。据说曹操灭袁氏兄弟后,晚上住在邺城,夜里梦见地上发出一道金光,第二天早上起来挖地得到一只铜雀。曹操的军师荀攸说:"古时舜的母亲梦见玉雀入怀而生舜。如今得到铜雀,乃吉祥之兆啊。"曹操听后大喜,于是决定在这里建立铜雀台,以彰显其平定四海之功。

铜雀台建成后，聚集了一大批有才华的文人于此，他们创作了大量的文学作品，形成了具有鲜明特色的"建安风骨"。如曹操的《步出夏门行》，王粲的《初征赋》，曹丕的《典论》，曹植的《洛神赋》《登台赋》等，大都是在铜雀台所作。据《三国志·魏志》记载："时邺铜爵台新成，太祖悉将诸子登台，使各为赋。植援笔立成，可观，太祖甚异之。"

铜雀台为世人所熟知，与杜牧的《赤壁》有重要关系。杜牧在《赤壁》中提到的"东风不与周郎便，铜雀春深锁二乔"，成为脍炙人口的名句，也使铜雀台与大乔、小乔联系到一起。乱世中，英雄、美人总是容易引起人们的兴趣。

二乔为东汉末年桥公的两个女儿，二人都是有名的美人。大乔为孙策的妻子，小乔为周瑜的妻子。大乔在孙策死后，辅助孙策的弟弟孙权团结江东各势力，在孙权称帝后，大乔便不再过问俗事，安享天年。所以后世所谓的曹操掳走二乔的说法多为文人的"创作"，而且铜雀台建成时，二乔都已三十多岁，在当时来说，应该是"年长色衰"的年龄了。

随着时间的流逝，所有的功名与霸业终为尘土。正如数百年后，唐朝诗人温庭筠拜谒陈琳墓时所感慨的："石麟埋没藏春草，铜雀荒凉对暮云。"

霜降

科普 //

　　霜降是二十四节气中的第十八个节气，也是秋季的最后一个节气。《月令七十二候集解》中说："霜降，九月中。气肃而凝，露结为霜矣。"因此，霜降是一个反映天气现象和气候变化的节气，此时的天气由凉爽逐渐变冷，空气中的露水因为遇到寒冷而凝结成霜，我国大部分地区开始出现初霜现象。王充在《论衡》中记载："云雾，雨之征也，夏则为露，冬则为霜，温则为雨，寒则为雪。雨露冻凝者，皆由地发，不从天降也。"此时斗柄指戌，太阳达到黄经210度的位置，交节时间点对应着每年的公历10月22日至24日中的一天。

诗歌里的二十四节气

节气三候

中国古代将霜降分为三候："初候，豺乃祭兽；二候，草木黄落；三候，蛰虫咸俯。"秋季是丰收的季节，此时的动物有充足的食物，豺狼捕猎到的动物都吃不完，摆在一起就像祭祀一般。霜降中间五天已是秋季的尾声，天气渐渐寒冷，植物停止了生长，草木枯黄，树叶随风飘落。霜降最后的五日里，可以看到动物和昆虫陆续藏入洞中，再将洞口封严了，准备冬眠。

气候特点

在气象学上，一般会将秋季出现的第一次霜叫作"初霜"或"早霜"。所谓"霜降见霜，米谷满仓"，初霜对农民来说是丰收的预兆。霜是由空气中的水汽遇冷凝结成的小冰晶，初霜形成时，地表温度需要达到0℃以下，同时地表还要含有一定的水汽。我国的北方地区，尤其是黑龙江漠河一带，早在寒露之前就已经进入了霜期。而黄河流域是"霜降始霜"，完全符合霜降这一节气特征，初霜日一般在10月下旬到11月初，霜期会持续两到三个月。但在我国的南方地区，此时还没有进入霜期，平均气温维持在16℃左右，华南南部和云南南部则属于无霜区。

霜降节气前后，天气逐渐寒冷，各地温度在持续下降，北方地区，气温下降尤其明显。东北地区北部、内蒙古东部和西北地区此时已经进入冬季，平均气温降到了0℃以下。而南方地区由于气温下降较缓慢，仍然具有秋季的特征。同时，各地的降水量也呈下降趋势，秋燥明显，但长江中下游地区由于受夏季风影响，仍会有一段时间的阴雨天气。

气候农事

霜降节气前后，全国的农业生产活动较"三秋"大忙时已经有所减少。此时，北方地区的秋收工作已经结尾，主要的农事活动就是抓紧最后的时间收获棉花、花生等作物，以及做好冬小麦的灌溉工作。山区的柿子此时也已经成熟，农民还要抓紧时间收柿子，做好冬藏。而我国的南方地区依然处于"三秋"大忙时节。此时的西南地区正进入秋耕、秋种的紧张阶段，既要抓紧时间翻犁板田、板土，抢种大麦、小麦和油菜等，又要争取在早霜之前抢收晚秋作物。所谓"霜降不割禾，一天少一箩"，此时的晚稻等作物极易受到早霜的冻害，致使水稻减产，因此，华中地区的农民要抓紧时间，收获晚稻、玉米、甘薯等农作物。此外，淮北地区的晚麦也要及时抢收，同时种植油菜的地区也要抓住最后的时机进行播种。华南地区的冬小麦此时已进入播种阶段，与此同时，农民还要抢收中稻、晚玉米、甘薯、花生等农作物。

诗歌里的二十四节气

民俗文化

　　霜降是秋季的最后一个节气，也是与冬季第一个节气相接的节气。此时已经寒意十足，家家户户也陆续开始准备冬季的寒衣。因此，在霜降时节，汉族民间有祭祖、给亡者送寒衣的习俗，称"寒衣节"，北京地区也称"烧包袱"。据说，寒衣节源于周人的腊祭日，在每年农历的十月初一，是中国三大鬼节之一。明代《帝京景物略》中记载："十月朔，纸坊剪纸五色，作男女衣，长尺有咫，曰寒衣，奠焚于门，曰送寒衣。"人们会在这一天祭扫祖墓，烧献"冥衣、靴鞋、席帽、衣段"，希望亡人在阴间不要受寒挨冻。寒衣节在元、明、清世代都有承袭，只不过，人们烧献的寒衣越来越简化了。此外，除了给亡者烧寒衣过冬，妇女们在这一天还会拿出做好的新棉衣，给儿女、丈夫换上，以图吉利。

　　民间在霜降节气间还有许多避凶趋吉的习俗，广东高明地区的人们会在霜降时节用瓦片堆砌成河内塔，在塔内放入干柴点燃，待火焰将瓦片烧红后，再毁塔，用烧红的瓦片煨芋头，称"打芋煲"。最后，人们再将瓦片丢到村外，称"送芋鬼"。人们坚信，通过这种方式可以驱赶邪祟，迎接祥瑞。

　　此外，在饮食方面，霜降时节正是柿子成熟的时候，因此很多地方有霜降吃柿子的习俗。在闽南地区就有"霜降到，柿子俏，吃了柿，不感冒"的说法。在当地人看来，霜降吃柿子不仅可以御寒保暖，还能补筋骨。根据这一习俗，霜降这一天，人们会爬上自家的柿子树，摘几个柿子吃，家里没有柿子树的，也会买些柿子来吃。柿子既是当令的果实，口感鲜美，又有吉祥的寓意，于是就成了人们在霜降时必尝的美味之一。

霜降时节，菊花盛开，也正是赏菊的大好时节。南朝梁吴均《续齐谐记》："霜降之时，唯此草盛茂。"菊花也被古人视为生命力的象征。霜降时，古人会登山赏菊。后来，很多地方会举行菊花会，人们饮酒赏花，热闹非凡。菊花会的菊花品种很多，色彩缤纷，深受人们喜爱。

此外，霜降时，有的地方还有进补的习俗，比如广西有吃牛肉的习俗，闽南有吃鸭子的习俗，皖北有吃羊肉的习俗等。

诗歌里的二十四节气

送李萧游江外

唐·岑参

相识应十载，见君只一官①。
家贫禄尚薄②，霜降衣仍单③。
惆怅秋草死，萧条芳岁阑。
且寻沧洲路，遥指吴云端。
匹马关塞远，孤舟江海宽。
夜眠楚烟湿，晓饭湖山寒。
砧净红鲙落，袖香朱橘团。
帆前见禹庙④，枕底闻严滩。
便获赏心趣，岂歌行路难。
青门⑤须醉别，少为解征鞍。

岑参，工诗，长于七言，边塞诗较多，我国著名的边塞诗人，与高适并称"高岑"。

主旨

这是一首送别诗,诗人对朋友的失意与惆怅表示同情,并给以安慰。

注释

①一官:官职卑微,这里指士曹参军。
②禄尚薄:指俸禄少。《白虎通义》:"士者位卑禄薄。"
③霜降衣仍单:因为贫穷,天冷了还未准备冬衣。《诗经·豳风·七月》:"九月授衣。"毛传:"九月霜始降,妇功成,可以授冬衣矣。"
④帆前见禹庙:浙江省绍兴市东南有禹王庙,始建于南朝梁,历代均有所修建。因绍兴有鉴湖,所以称帆前。《括地志》:"禹陵在越州会稽县南十三里。庙在县东南十一里。"越州即绍兴的古称。《越绝书》:"(禹)巡狩大越……死葬会稽。"《史记·夏本纪》:"或言禹会诸侯江南,计功而崩,因葬焉,命曰会稽。"
⑤青门:送行至此而别。《三辅黄图》:"长安城东出南头第一门曰霸城门,民见门色青,名曰青城门,或曰青门。"

诗里诗外

岑参是唐朝著名的边塞诗人,曾两次在边塞从军。所以其诗有很多描绘边塞风景的，如《天山雪歌送萧治归京》："天山雪云常不开，千峰万岭雪崔嵬。北风夜卷赤亭口，一夜天山雪更厚。……"这里提到的赤亭口在现在的新疆吐鲁番市鄯善县附近，据《新唐书·地理志》记载："又西经达匪草堆，百九十里至赤亭守捉，与伊、西路合。"这里记载的赤亭守捉就是岑参诗中的赤亭口。

岑参与赤亭口还有一段渊源，即赤亭教子的故事。据说有一次，岑参在经过赤亭的时候，当地戍边的将士邀请他在赤亭壁上题诗。岑参写好之后，竟然听到一个孩子读了出来。岑参心中纳闷——边塞竟然有会说汉语的小孩，忍不住回头看。将士见岑参好奇，就解释道："这个孩子住在离这里不远的地方，经常在这附近放羊，会说汉语，还曾在大雪天带领迷路的将士找到正确的路。"岑参就问这个孩子："你的汉语是谁教的？""我爹爹教的。"说完，他掏出一本书说，"这是我爷爷用回鹘文写的《论语》，让我好好看，他说里面有很多道理。"岑参心中十分欣慰，提笔在书上写下："论语博大，回鹘远志。"

小孩回家把书拿给父亲看，并说岑参给题了字。小孩的父亲听后激动万分，带着孩子来拜访岑参，并说："我们原来住在漠北草原，也是读书人家，因为动乱才逃到这里的。希望孩子能记住自己的根，所以我教他认汉字，说汉语。"孩子的父亲知道边疆的条件不好，自己的身体也不好，就恳请岑参能收下他的孩子，并教导孩子成为有用的人。岑参被孩子父亲的那句"记住自己的根"所感动，愿意帮助他们。

孩子的父亲虽然不舍，但为了孩子的前途，毅然让孩子跟随

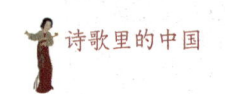

岑参回到中原地区。岑参为孩子取名岑鹃,并悉心教导。岑鹃不但天资聪颖,而且十分好学,后来成为精通两族语言的翻译家,作出了重要贡献。

第四辑

冬之节气

立冬

科普 //

  立冬是二十四节气中的第十九个节气，也是冬季的第一个节气，代表着冬季的开始。冬季是一年之中最后一个季节，《说文解字》中解释说："冬，四时尽也。"而立冬则是冬季的第一天，反映的是季节的变化，《月令七十二候集解》曰："立，建始也。"《逸周书》曰："立冬之日，水始冰。又五日，地始冻。"立冬是我国气候中"寒来暑往"的分界线，此时，深秋已过，严寒将至，冷空气开始成为主导势力，活动日渐频繁，气温下降趋势加快，水面开始结冰，土壤开始上冻。

  所谓"秋收冬藏"，立冬还是各种作物收获，需要晒好、藏好的时节。《群芳谱》曰："冬，终也，物终而皆收藏也。"立冬意味着万物开始进入休养、收藏的状态了。此时，北斗七星的斗柄指向蹄通之维，太阳到达黄经225度，交节时间点对应着公历每年的11月7日或8日。

节气三候

中国古代将立冬分为三候："初候，水始冰；二候，地始冻；三候，雉入大水为蜃。"立冬的前五日里，人们可以看到河面已经开始结冰。再过五日，土壤的表层开始冻结，并且随着气温越来越低，土壤的冻层也越来越厚。立冬的最后五日里，人们发现像雉鸡一类的大鸟已经不多见了，反而是外壳与雉鸡羽毛条纹相似的大蛤出现在了海边，而且越来越多。因此，人们便认为立冬后渐渐消失的雉鸡潜入了大海，然后变成了大蛤。这一说法虽然并不科学，却是古代人们通过物候记忆季节变化的有效方法。

气候特点

在天文学上，立冬是冬季的开始，但是按照气候学上的划分，平均气温低于10℃为冬季，此时，我国大部分地区尚没有真正进入冬季。但是此时的南北差异非常大：北方地区早已进入了万物凋零、雪花飘飞的冬季，平均气温已处于0℃以下。尤其是西北地区和东北北部，由于受冷空气影响，天气异常寒冷，早已是一派大雪纷飞的景象。而南方地区依然是风和日丽、温暖舒适的"小阳春"天气。以华南地区为例，即便受到冷空气的频繁侵袭，气温逐渐下降，但平均气温仍处于15℃以上，尤其在立冬的前期，气温在短暂下降之后会迅速回升，因此还有"十月小阳春，无风

诗歌里的二十四节气

暖融融"之说。此时的南北温差甚至可以达到30℃以上。

除了气温的下降以及南北温差的逐渐拉大，立冬时的气候也由秋季的少雨干燥逐渐向阴雨寒冻过渡。除了海南和台湾两地的降水量仍然较多外，全国大部分地区的降水量已经降到了50毫米以下。同时，大部分地区开始先后进入结冰期，东北各地早在10月下旬之前就已经进入了结冰期，西安、开封一带也在立冬时进入了结冰期，而长江流域一般在11月下旬之后才会进入结冰期。

气候农事

到了立冬节气，全国各地的农活少了很多。东北地区此时已经进入了大地封冻的时节，农林作物进入了越冬期，农民的主要生产活动就是翻耙土地和组织冬季灌溉。华北地区的土壤则处于日消夜冻阶段，夜晚气温下降快，因温度低而导致土地封冻，但由于立冬降水显著减少，晴好天气较多，虽然太阳辐射减少，但地表贮存的热量还有剩余，因此白天温度并不低，农田的土壤也就消冻了，此时十分有利于麦田的浇灌。同时，农民也要趁土壤没有完全封冻以前抓紧秋耕。西北地区的农事活动则主要是给冬小麦灌水、追施苗肥。

我国的南方地区，此时"三秋"已进入尾声。西南地区的主要农事活动就是小麦、大麦、油菜等夏收作物的播种，同时农民还需抓紧时间，抢收晚玉米、甘薯等晚秋作物，避免因冻害导致作物减产。江南及华南地区此时正是小麦播种的最佳时节,农民们都在积极抢种晚茬冬小麦。同时,还要开好田间"丰产沟",搞好田间管理,预防冬季的涝渍和冰冻危害。

民俗文化

立冬作为"四立"之一,在中国古代是一个重大的节气,历朝历代都有在立冬迎冬的习俗。在周朝,立冬时周天子会率领三公、九卿、大夫到北郊迎冬,并举行盛大的迎冬仪式。《吕氏春秋》中记载:"是月也,以立冬。先立冬三日,太史谒之天子曰:'某日立冬,盛德在水。'天子乃斋。立冬之日,天子亲率三公,九卿,大夫,以迎冬于北郊。还,乃赏死事,恤孤寡。"

民间有"立冬进补"的说法,即"补冬"。立冬之后,严寒将至,补冬一来是为了迎接冬天的到来,二来也是为了增强体质,以抵御严寒。农谚中有"立冬补冬,补嘴空"的说法,忙了一年的农民,要在立冬这天给自己放个假,杀鸡宰羊,犒赏一家人的辛劳。闽南地区会在立冬时杀鸡宰鸭,并加入中药合炖,既增加香味,也增加营养,也有加入各种珍贵草药的,配方多样,但都是为了增补营养。此外,出嫁的女儿,会在立冬这天给父母送去鸡、鸭、猪蹄、猪肚等物,让父母补养身体。

由于进入冬季后,农活减少,人们的空闲时间增多,各式各样的娱乐活动也增多了。立冬这天,除了迎冬、补冬,北方地区有立冬吃饺子的习俗,绍兴地区有立冬日开始酿黄酒的习俗,河南、江苏、浙江一带有"扫疥"的习俗,漳州的乡村人家有舂"交冬糍"庆祝好收成的习俗,南京地区还有吃生葱抵御冬季湿寒的习俗……

立冬

唐·李白

冻笔①新诗懒写,寒炉美酒时温。
醉看墨花②月白,恍疑雪满前村。

李白,字太白,号青莲居士,唐朝伟大的浪漫主义诗人,诗歌成就较高,被誉为"诗仙",著有《李太白集》。

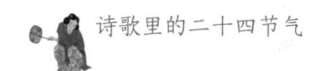

主旨

这首诗充满生活情趣,可以看出诗人的惬意生活。

注释

①冻笔:古时用毛笔蘸墨汁写字,天气太冷,笔头会冻住。吴潜《三用喜雪韵呈同官诸丈不敢辍禁物之令也二首·其二》:"光浮暗室不因虚,冻笔难呵且罢书。"

②墨花:砚石上的墨渍像花纹一样。

诗里诗外

李白对酒绝对是真爱,山间、花前、月下、闹市等各种场合都能喝酒,得意时喝酒,落寞时喝酒,孤独时喝酒。李白不但是诗仙,也是酒仙,一生喝酒无数,也留下了许多与酒相关的诗文和轶事。

李白喝酒既有豪放,如"五花马,千金裘,呼儿将出换美酒,与尔同销万古愁",也有"细水长流",像"寒炉美酒时温",寒冷的天气,小火炉上温着美酒,时不时地喝上几口,想想就很惬意。这不免让人想起白居易的《问刘十九》:"绿蚁新醅酒,红泥小火炉。"简单的字句勾勒出温馨的画面,平淡中可见真挚的友谊。

李白饮酒不但洒脱,还很狂放。如《山中与幽人对酌》,既然是幽人,便没有那么多礼节,二人开怀畅饮,"两人对酌山花开,一杯一杯复一杯",一杯接一杯地喝,真是"酒逢知己千杯少"。李白虽然自称酒量大,但也会喝醉,因此"我醉欲眠卿且去,明朝有意抱琴来",虽然喝醉了,还不忘约定明日继续。这是李白洒脱的一面。李白喝醉时也有桀骜不驯、狂放的一面。杜甫在《饮中八仙歌》中说:"李白一斗诗百篇,长安市上酒家眠。天子呼来不上船,自称臣是酒中仙。"喝醉了,连家也不回,直接"酒家眠",就算皇帝传来圣旨,也不理会,因为"我"是"酒中仙",怎会理会你们这些凡夫俗子呢?李白有"狂"的资本啊,斗酒百篇,喝了酒,思如泉涌,高力士为其脱靴,最受皇帝宠爱的杨贵妃也要亲自为他研墨。

李白的一生"成于酒,败于酒"。李白是否因酒而死,我们不得而知,有时人们宁愿相信他是"跳江捉月,骑鲸升天"了,可能只有这样的结局才配得上李白的一生吧。

小雪

科普 //

　　小雪是二十四节气中的第二十个节气，也是冬季的第二个节气。作为反映降水与气温的节气，小雪的到来预示着天气将越来越冷，降水量也将逐渐增加。《月令七十二候集解》曰："小雪，十月中。雨下而为寒气所薄，故凝而为雪。小者未盛之辞。"因而小雪就有"雪小"的意思。《群芳谱》曰："小雪气寒而将雪矣，地寒未甚而雪未大也。"说的就是此时由于天气寒冷，降水形式由雨变成了雪，但是又因为"地寒未甚"，所以降雪量还不大，只是小雪。小雪的交节时间点对应着公历每年的 11 月 22 日或 23 日，此时斗柄指亥，太阳到达黄经 240 度的位置。

节气三候

中国古代将小雪分为三候:"初候,虹藏不见;二候,天气上升,地气下降;三候,闭塞而成冬。"小雪的前五日里,天空中已经看不见彩虹了。彩虹是雨后空气中的水滴在太阳光的照射下,折射和反射太阳光才形成的,小雪时节,因为降雨转变成了降雪,没有了彩虹形成的条件,故而"虹藏不见"。再过五日,天地之间阳气上升而阴气下降,阴盛阳伏,万物失去了生机,天地间一片空旷。到了小雪的最后五日,因为天气寒冷,可以看到河流都冰封了,家家户户也都关上了门窗阻止冷空气进入室内,寒冬来临。

气候特点

小雪在气象学上指降雪强度较小的雪,一般将下雪时水平能见距离等于或大于 1000 米、地面积雪深度小于 3 厘米、24 小时降雪量在 0.1～2.4 毫米的降雪称为"小雪"。但小雪节气只是一个气候概念,与气象学上的小雪并不是必然关系,因此小雪节气并不一定下雪。小雪时节的显著特点是寒潮和冷空气活动频繁,冷空气南下,气温下降迅速,降水形式也由降雨转变为了降雪。北方地区由于早已进入冬季,平均初雪日一般在 9 月下旬,即秋分节气之后。黄河流域的平均初雪日一般在 11 月下旬,与小雪节气的气候完全符合。此时,南方地区的北部也进入了冬季,但是,由于此时的天气还不是太冷，降雪天数比较少，降雪融化速度较快，降水形式常常是半凝半融状态的"湿雪"，或者是雨雪同降的"雨夹雪"。长江以南及华南北部的平均初雪日期在大雪节气后，并且由于近地面气温常常保持在0℃以上，即便降雪，也比较难以形成积雪，平均积雪日期在冬至日之后，华南南部更是终年无雪的无雪区。

气候农事

　　小雪时节，全国大部分地区已经进入农闲时期，农事活动都不太多，但各地也有所不同。东北地区的农事活动以防寒过冬为主，农民开始给果树绑扎布条，以保护其度过寒冷的冬季。所谓"小雪不砍菜，必定有一害"，此时的华北地区已经开始收获白菜，为了防止白菜受冻腐烂，对于已收获的白菜要及时窖藏。西北地区的农民此时正忙于田间水利的兴修，同时也在积极积肥、造肥，为下一季的作物提供肥料。西南地区由于已经到了秋播的最后时刻，因而相对比较忙碌。农民要抓紧时间抢播，为农作物的生长留足时间，并且要加强已播作物的田间管理，及时中耕、培土、施肥，帮助农作物顺利越冬。

民俗文化

古代在小雪时节，由于天气寒冷，农事活动大大减少，人们的生活节奏也慢了下来，各种各样的节日习俗便诞生了。古人有小雪时节赏雪、堆雪人的习俗。一些地方的男子会在小雪时节冬猎，妇女、老人们则忙于纺织、编织，孩子们则喜欢踢毽子、踢球等游戏。同时，小雪时节，家家户户已经开始准备年货了，如宰杀猪羊、腌制寒菜腊肉、做年糕等活动。

南京地区的农谚有："小雪腌菜，大雪腌肉。"其实在小雪节气，我国很多地区都有腌藏寒菜的习俗。尤其在北方地区，早在立冬的时候家家户户就已经开始腌藏寒菜了。而江浙一带因为天气冷得较晚，一般到小雪时节才腌寒菜。清厉惕斋《真州竹枝词引》中说："小雪后，人家腌菜，曰'寒菜'。"腌菜是一种历史悠久的蔬菜加工方法，早期的腌菜并不是腌制，而是贮藏。古代由于科技不发达，人们只能食用当季的蔬菜，夏季的蔬菜种类繁多，人们却吃不完，而冬季的蔬菜又很少，不够吃。因此，人们就将蔬菜贮藏起来，留到冬季吃。在贮藏过程中，人们发现腌制后的蔬菜不仅可以贮藏得更久，而且味道也不错。因而，腌菜逐渐成为民间抵御寒冬的必备之物。

除了腌菜外，秦巴地区还有在小雪时节熏腊肉的习俗。一般自小雪至立春前，家家户户都会宰杀猪羊，留足一部分过年用的鲜肉后，多余的肉类就会腌制起来，悬挂待晾干水分后，再用烟火熏烤，等待春节时，正好可以享用。不仅是北方地区，南方地区也有冬季吃腊肉的习俗,例如,广州人就喜欢用腊肉配以其他食材烹制食用。

江浙人喜欢在小雪节气里用草药来酿酒,叫作"冬酿酒"。《清嘉录》:"乡田人家以草药酿酒,谓之'冬酿酒'。有秋露白、杜茅柴、靠壁清、竹叶清诸名。"台湾中南部地区的渔民会在小雪时节晒鱼干、储存干粮。土家族的人们会在小雪前后进行一年一度的"杀年猪,迎新年"活动,吃"刨汤"也成了小雪节气里家家户户的习俗。

南方有些地区,有小雪吃糍粑的习俗。据说糍粑是古代农民祭祀牛神的祭品,"十月朝,糍粑禄禄烧"就是指用糍粑祭祀牛神。糍粑是用蒸熟的糯米捣烂成泥后制成的一种食品,打糍粑通常要几个人共同完成。糍粑口感细腻,风味极佳。

总之,各种各样的节气习俗让寒冷肃杀的小雪时节也热闹温暖了起来。

和萧郎中①小雪日作

宋·徐铉

征西府里日西斜,独试新炉自煮茶。
篱菊尽来低覆水,塞鸿飞去远连霞。
寂寥小雪闲中过,斑驳轻霜鬓上加。
算得流年无奈处,莫将诗句祝苍华②。

徐铉,字鼎臣,五代至北宋初年的文学家和书法家,与韩熙载齐名江东,被誉为"韩徐"。

诗歌里的二十四节气

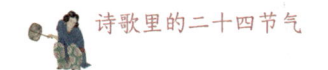

主旨

作者在诗中感叹时光流逝、岁月蹉跎，同时也展现了要积极振作，不向发神苍华妥协的斗志。

注释

①萧郎中：元帅府的书记，疑为萧俨。
②苍华：指头发灰白，也指发神。《黄庭内景经》："发神苍华，字太元。"苍华是道教中掌管头发的神仙。白居易《和祝苍华》："苍华何用祝，苦辞亦休吐。"陆游《西村》："老去郊居多乐事，脱巾未用叹苍华。"

诗里诗外

徐铉作为文学家和书法家是成功的，但作为说客是失败的，因为他的对手不按"套路"出牌。徐铉很有才华，可谓学富五车，出口成章，因此，被南唐后主李煜选为代表去北宋找宋太祖赵匡胤谈判。

李后主的天赋不在治国上，他在填词方面确实很优秀，整个南唐的文化氛围很浓厚，但"春花秋月"抵挡不了"长矛大刀"。北宋崛起后，赵匡胤越来越无法容忍南唐的存在。在北宋的强大

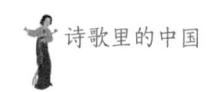

实力面前，李煜也自知不是对手，已经自称"国主"，并下令贬损仪制，赵匡胤仍是不满。李煜只好派出满腹经纶的大才子徐铉到北宋去劝说赵匡胤不要攻打南唐。

北宋大臣也都听过徐铉的大名，知道他要过来，无人敢去"过招"。赵匡胤虽然学识上不如徐铉，但气势不输，亲自上阵。徐铉认为李煜无罪，赵匡胤如此行事师出无名，然后引经据典，讲了一大堆道理。赵匡胤听后，从容地说了一句："既然你说我们如同父子，哪有父子分为两家的道理？"徐铉听后，竟然无言以对。

也许是"秀才遇见兵"，徐铉的大道理在赵匡胤面前无用武之地。后来，徐铉再去北宋的时候，语气缓和了不少，恳请赵匡胤缓兵。赵匡胤岂是任他人拿捏之辈，对徐铉怒喝："但天下一家，卧榻之侧，岂容他人鼾睡乎！"这就是赵匡胤的道理。在对手掌握规则的"辩论"中，徐铉怎能赢得"辩论"？

大雪

科普 //

  大雪是二十四节气中第二十一个节气，也是冬季的第三个节气。大雪与小雪一样，都是反映气温与降水变化的节气。大雪时节气温显著下降，比起小雪节气，此时的降水量增多，降雪的可能性更大些，甚至会出现暴雪天气，地面可能积雪。大雪，顾名思义，就是"雪大"的意思。《月令七十二候集解》曰："大雪，十一月节。大者，盛也。至此而雪盛矣。"大雪在农历的十一月中旬，节气的交节时间点对应着公历每年的 12 月 6 日至 8 日中的一天，此时斗柄指壬，太阳位置到达黄经 255 度。

  大雪意味着天气越来越冷，《群芳谱》："大雪，言积寒凛冽，雪至此而大也。"大雪只是节气上的名称，降雪的可能性比小雪大，并不是降雪量一定会大。民谚有"大雪年年有，不在三九在四九""大雪不封河，架不住北风戳"。

诗歌里的中国

节气三候

中国古代将大雪分为三候："初候，鹖鴠不鸣；二候，虎始交；三候，荔挺生。"鹖鴠也叫寒号鸟，大雪初候时，这种鸟儿因为大雪时节的气候寒冷，躲进了巢中不再鸣叫。过了五日，此时阴气达到鼎盛，盛极而衰，转而阳气萌动，可以看见老虎进入了发情期，开始求偶交配。荔挺是一种形似蒲草的野草，在大雪最后的五天里，也因为阳气的萌动而抽出新芽。

气候特点

气象学上，将从天空下降到地面的雨、雪、冰雹等水汽凝结物都称为"降水"，大雪节气的到来，意味着天气越来越冷，降水也增多。但是大雪节气并不是降雪最多的节气，在气象学上，规定水平能见距离小于 500 米，地面积雪深度等于或大于 5 厘米，或 24 小时内降雪量达 5.0～9.9 毫米的降雪称为"大雪"。很显然，大雪节气的天气状况与"大雪"这一名称并不一定相符。此时，黄河流域一带已经开始有积雪形成，而黄河以北的地区早已经进入大雪纷飞的冬季。南方地区，特别是珠三角一带，则依然气候温和，少有雨雪。但同时南方地区却是"十雾九晴"的天气，早晚雾气较大，气象学上称这种现象为"辐射雾"。

除了降水上的变化，大雪时节变化最大的是天气温度情况。

此时中国多地正处于强冷空气最多的时候,大部分地区气温降到了 0℃或以下,进入寒冷时期。北方大部分地区的 12 月份的平均温度在 -20 ~ 5℃,东北和西北地区的平均气温在 -10℃以下,黄河流域和华北地区的气温也维持在 0℃以下,开始降雪。但是,南方地区的气温依然较高,此时华南地区和西南的南部地区,平均气温仍然在 15℃以上,属于无雪区,但部分地区也会出现霜冻现象。北方的强冷空气往往能够带来降雪甚至暴雪,深厚的积雪既可以为越冬的作物保暖,又能为来年化雪后的农作物耕种提供充足的水源,农谚中"瑞雪兆丰年"说的就是这个道理。

气候农事

农谚有云:"今年麦盖三层被,来年枕着馒头睡。"大雪节气较厚的积雪往往是来年大丰收的预兆。一方面,厚厚的积雪就像一床棉被,可以保持地面及农作物周围的温度不会因为寒冷空气的侵袭降得过低,也就是起保温作用,有利于农作物顺利过冬;另一方面,积雪是水的固体形态,来年春天积雪融化后,又及时增加了土壤水分的含量,有利于返青农作物的生长。再有就是寒冬的积雪可以冻死土壤表面的一部分虫卵,为来年小麦的返青降低一定程度的病虫害。

大雪节气的主要农事活动是冬灌,所谓"不冻不消,冬灌嫌早;光冻不消,冬灌晚了;又冻又消,冬灌正好",把握冬灌的时间对于农业生产来说十分重要。此外,农民还需做好积肥、送肥工作。

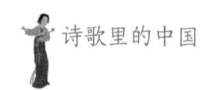

西南地区,此时的小麦已经进入分蘖期,农民要及时中耕,施分蘖肥;华中地区的小麦也开始越冬,农民要尽早施肥,适当碾压麦田,做好保墒,预防冻害。

民俗文化

大雪节气的民间习俗有很多,比如腌肉、赏雪景、打雪仗、进补、食饴糖等。

关于腌肉,南京地区有一句俗语:"小雪腌菜,大雪腌肉。"此时,家家户户开始腌制"咸货",咸货的类型很多,有猪肉、鱼肉、鸡肉、鸭肉等。人们将粗盐加八角、桂皮、花椒等香料制成卤汁涂抹在肉上,用石头压放缸内腌制,半月后取出晾干,再度腌制,十日后再取出挂晾晒干。冬季里常常可以看见家家户户的门口、窗台、屋檐下都挂有各种腌肉、香肠、咸鱼等腌制品。

除了制作御寒食物以备年货外,在寂寥的大雪节气里,人们还热衷于在冰天雪地里滑冰、赏雪景、打雪仗。此时气温极低,山河冰封,光滑的冰面就成了人们嬉戏的场所。滑冰也称"冰戏",是古时候人们的冬季游戏之一。南宋周密《武林旧事》中还记载有一段贵族子弟在大雪节气里赏玩雪景的场景:"禁中赏雪,多御明远楼。后苑进大小雪狮儿,并以金铃彩缕为饰,且作雪花、雪灯、雪山之类,及滴酥为花及诸事件,并以金盆盛进,以供赏玩。"

大雪时节,北方地区已经非常寒冷。过去,人们很少出门,更喜欢待在家里。鲁北地区有谚语:"碌碡顶了门,光喝红黏粥。"

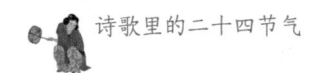

就是说大冷天人们不再串门，只在家里吃一碗热腾腾的红薯粥。

我国北方地区的冬季，还有食饴糖的习俗。每到大雪节气前后，街头就会出现叫卖饴糖的小摊贩，吸引着小孩、妇女、老人出来购买。人们认为，冬季宜进补，因而认为食饴糖也是冬季滋补身体的一种方式。

雪诗

唐·张孜

长安大雪天，鸟雀难相觅。
其中豪贵家，捣椒泥四壁①。
到处爇红炉，周回下罗幂。
暖手调金丝②，蘸甲③斟琼液。
醉唱玉尘④飞，困融香汗滴。
岂知饥寒人，手脚生皴劈。

张孜，唐末诗人，嗜酒。其诗大都没有保存下来，《雪诗》是唯一一篇完整流传下来的作品。

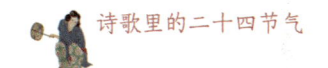

主旨

这首诗反映了富贵人家的奢华生活,表达了对穷人饥寒交迫的同情。

注释

①捣椒泥四壁:把椒捣成末,和在泥中涂抹墙壁。椒,一种植物,果实有香味。西汉有椒房殿,为皇后居所。清初彭孙贻《桃源忆故人》:"遥忆萧斋清供。窗影梅花弄。蜃灰斗室椒泥重。"

②金丝:泛指乐器。丝,指弦乐器。唐朝褚亮《祈谷乐章·舒和》:"玉帛牺牲申敬享,金丝戚羽盛音容。"

③蘸甲:指斟满酒杯。古人饮酒,要将酒杯斟满,端起酒杯,指甲能沾到酒。该词出自刘禹锡的《和乐天以镜换酒》:"嚬眉厌老终难去,蘸甲须欢便到来。"杜牧《后池泛舟送王十》:"为君蘸甲十分饮,应见离心一倍多。"

④玉尘:指雪。宋朝强至《冬雪行》:"门前地厚堆玉尘,屐齿千回狂走折。"

诗里诗外

"醉唱玉尘飞",大雪纷飞的天气,室内温暖如春,长安城里的富人们醉酒狂歌。这里以"玉尘"来形容雪,更是为了对比富人的豪奢生活。雪本是纯洁的象征,也是文人常常歌咏的对象。

如柳宗元在《江雪》中通过"千山鸟飞绝,万径人踪灭。孤舟蓑笠翁,独钓寒江雪",短短二十个字,便勾勒出一个万籁俱寂、纤尘不染的纯净世界,孤舟独钓的渔翁则显得如此孤高。

雪在孙道绚的笔下又是另一番模样,"悠悠飏飏,做尽轻模样",这里的雪仿佛一个年轻女子,灵动曼妙。

此外,才女谢道韫与雪也有一段千古佳话。谢道韫是东晋女诗人,才气过人,也是安西将军谢奕之女,谢安的侄女,王羲之之子王凝之的妻子。在谢道韫小时候,有一次,谢安与小辈们一起谈论诗文,这时天空下起了雪,谢安突然兴起,就指着大雪问道:"白雪纷纷何所似?"谢安的侄子谢朗回答得很快:"撒盐空中差可拟。"谢道韫则认真思考后回答:"未若柳絮因风起。"谢道韫将雪花比作柳絮,将漫天飞雪轻灵与曼妙的姿态展现了出来。因此,"咏絮之才"成为人们称赞女子有才华的常用词。

冬至

科普 //

　　冬至是二十四节气中的第二十二个节气,也是冬季的第四个节气。冬至也称"日短至""冬节""长至节"。在古代,冬至作为四时八节之一,在二十四节气中具有重要地位,同时也是中国民间传统的祭祖节日。早在西周时期,人们就已经通过圭表测影法测出了冬至日,它也是二十四节气中最早确定的节气。《月令七十二候集解》中曰:"冬至,十一月中。终藏之气至此而极也。"

　　冬至日时,北斗七星的斗柄指向子,太阳到达黄经270度的位置。这一天,北半球的白昼最短,黑夜最长,因此,冬至也叫"日短至"。冬至日后,白昼开始渐渐变长,黑夜开始渐渐缩短,所谓"吃了冬至面,一天长一线",说的就是冬至节气的变化。据《唐杂录》记载:"唐宫中以女工揆日之长短,冬至后,日晷渐长,比常日增一线之功。""增一线之功"的意思就是女工刺绣时可多添一线的工夫。冬至节气的交节时间点对应着公历每年的 12 月 21 日至 23 日中的一天。冬至日后，全国正式进入一年中最冷的阶段，即"进九"，民间所说的"冷在三九"就是指此。

节气三候

中国古代将冬至分为三候："初候，蚯蚓结；二候，麋角解；三候，水泉动。"冬至日后，天气开始进入一年中最严寒的时候，地下冬眠的蚯蚓也因为寒冷而蜷缩在一起，好像打成结的绳子一样。麋鹿也称"四不像"，每到冬至时，由于阴气渐退，麋鹿便开始脱角了。冬至节气的最后五日里，虽然地表的寒气正盛，但深井中却偶有热气冒出，山中的泉水也可以流动，古人认为这是阳气回升，是大地复苏的景象。

气候特点

冬至节气是实际意义上的冬季的开始，自冬至日始，最寒冷的天气到来了。与夏至相比，冬至是北半球一年中日照时间最短的日子，且纬度越北，日照时长越短，北方的漠河在冬至日的日照时数只有约 7 小时。虽然冬至日后，太阳直射点自南回归线向北移动，白昼渐长，但由于北半球获得的太阳辐射少，地面辐射散失的热量多，呈现出严重的"入不敷出"现象，导致短期内的平均气温进一步下降。此时,我国东部地区的等温线基本与纬线平行,气温自南向北逐渐降低,南北温差进一步扩大。同时,全国范围内的降水量普遍稀少,西北地区的平均降水量甚至不足1毫米,气候更加干燥。

气候农事

冬至节气里,由于天寒地冻,作物收获的时间已经过去,农事活动稍稍可以停歇。农民的主要农事活动就是围绕着越冬作物的田间管理,首先是做好越冬作物的保暖工作,预防冻害,同时可以碾压冬小麦田,以防水分蒸发,保证来年有个好墒情。其次是做好农田基建,清理土地,整修垄沟,兴修水利。最后就是积肥施肥工作,一方面积粪堆肥,为作物返青生长准备足够的养料;另一方面施好腊肥,保障农作物顺利过冬。江南地区以加强三麦、油菜等越冬作物的管理为主;南部沿海地区则以水稻秧苗的防寒工作为主,同时做好春种准备。此外,果农、桑农还需做好冬季清园、树枝修剪、消灭越冬病虫的工作。

民俗文化

冬至既是二十四节气中的重要节气之一,也是我国重要的传统节日之一,是一年中的大节。自周代始,冬至就被作为岁首,即一年的开端。虽然后来改变了岁首,但冬至在各种节日中的地位依然很重要,民间更有"冬至大如年"的说法。

在古代,冬至日时,官方和民间都要举行盛大的祭祀活动,人们祭天祭祖以感谢天神和祖先的庇佑。《周礼·春官》记载:"以冬日至,致天神人鬼。"意思是说在冬至时要祭天神,这是自古以来的国家大礼。《史记·封禅书》中记载:"冬至日,祀天于南郊,迎长日之至。"说的是周天子在冬至这一天,会率领三公、九卿、众大夫们,到南郊祭祀天神,迎接冬至日。这项祭天的大礼被历朝历代所承袭。《后汉书》:"冬至前后,君子安身静体,百官绝事。"冬至这天,百官放假,不用处理政事,为了庆贺冬至,还要举行隆重的仪式,如奏"黄钟之律"。《晋书》载:"魏晋则冬至日受方国及百僚称贺……其仪亚于献岁之旦。"可见,这时统治者也很重视冬至。宋代孟元老的《东京梦华录》中记载:"十一月冬至。京师最重此节,虽至贫者,一年之间,积累假借,至此日更易新衣,备办饮食,享祀先祖。官放关扑,庆贺往来,一如年节。"足见冬至日在古人心中的重要程度。冬至日祭祀的习俗一直延续到清末,明清两代皇帝都有举行祭天大典的活动,被称为"冬至郊天"。北京天坛公园内的圜丘就是明清帝王们在冬至日祭天的场所。

冬至日里,民间更重注食补,各个地区有吃饺子的、有吃冬至菜的,还有吃汤圆的,各地的习俗都不一样。相传冬至吃饺子是为了纪念医圣张仲景。张仲景曾在某地做官,他告老还乡时正值冬至,在路上看到有不少乡亲的耳朵都被冻烂了,因此,吩咐弟子搭起了医棚,用羊肉和驱寒药材做成了"祛寒娇耳汤",免费

诗歌里的二十四节气

赠给乡亲们喝。乡亲们服食之后，冻伤的耳朵果然都好了。为了感激张仲景，人们就将汤中的"娇耳"制作成食物，后又将"娇耳"称作"饺子"，冬至日吃饺子的习俗就这样被流传了下来。

此外，人们在冬至日还有唱"九九歌"、画"九九消寒图"的习俗。

九九是中国古代民间用来表示冬至日后或夏至日后的八十一天日期的总称，是表示节令的一种，分为冬九九与夏九九。冬九九指的是从冬至日开始的数九天，主要在我国北方地区流行，它所反映的是冬季严寒程度的变化。即以冬至日这一天作为开始，从一九数到九九，历时八十一天，数完正好度过了一年中较寒冷的时段，迎来春暖花开日。人们还由此编出了冬至九九歌："一九二九不出手，三九四九冰上走，五九六九沿河看柳，七九河开，八九雁来，九九加一九，耕牛遍地走。"其中，"三九""四九"正好处于阳历的1月份，也是一年中最寒冷的时段。

九九消寒图的形式有很多种，例如梅花图式、圆圈式、文字式等。《帝京景物略》中就有在纸上画梅花的记载："冬至日，画素梅一枝，为瓣八十有一。日染一瓣，瓣尽而九九出，则春深矣。曰'九九消寒图'。"从冬至日开始，画一枝素梅，枝上画梅花九朵，每朵梅花九个花瓣，共八十一瓣，每天染一个花瓣，待数九结束，一幅美丽的"九九消寒图"就完成了，此时也正好迎来了春暖花开的季节。这种图画版的九九消寒图又称"雅图"，元朝杨允孚在《滦京杂咏》中记载了这一活动："试数窗间九九图，余寒消尽暖回初。梅花点遍无余白，看到今朝是杏株。"而文字式的九九消寒图也称"写九"，其中最熟悉的就是写"亭前垂柳珍重待春风"这九个字。

诗歌里的中国

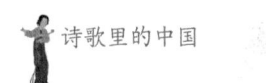

相传这是清代道光皇帝发明的文字游戏,因为这九个字的繁体字都是九画,每天写一画,待这九个字写完后,春天便来了。

古人画九九消寒图,一方面是为了计算日数,另一方面,也是为了在寒冷的冬季寻找一种消遣娱乐的活动。

诗歌里的二十四节气

冬至夜怀湘灵

唐·白居易

艳质①无由见,寒衾②不可亲。
何堪最长夜,俱作独眠人。

白居易,字乐天,号香山居士,又号醉吟先生。唐朝现实主义诗人,新乐府运动的主要倡导者,其诗歌题材广泛,对后世产生了深远的影响。

诗歌里的中国

主旨

　　这是一首白居易怀念初恋的诗，诗人想起往昔纯真的感情，不免有一些伤感。

注释

①艳质：指女子美丽的资质，诗中指湘灵。
②寒衾：冰冷的被子。相比被子的冷，更多的是来自心里的冷。李煜《浪淘沙令》："帘外雨潺潺，春意阑珊。罗衾不耐五更寒。"

诗里诗外

　　也许得不到的永远是最美好的。这句话用来形容白居易对初恋湘灵的态度是恰当的。白居易年少时曾随父母迁居符离（今安徽省宿州市埇桥区）。在这里，十一岁的白居易认识了小他四岁的农家女子湘灵，二人成了青梅竹马的伙伴。他们日久生情，在八年的日日相伴中，彼此产生了好感，在情窦初开的年龄，开始了一段美好的恋情。

　　白居易家中虽已落魄，但其母却有极强的门第观念。白母坚决拒绝了白居易的苦苦哀求，这时白居易的父亲被调到湖北襄阳，白母让白居易也一同前往。

　　白居易的父亲去世后，家中更加贫苦，他再次回到符离为父守丧。白居易历尽艰辛，终于考中进士，也算衣锦还乡了。湘灵也因战乱辗转流离，后来回到了家乡。二人再次相遇，两小无猜的感情更加热烈。白居易本以为有了资本和母亲"叫板"，却再次遭到母亲的拒绝。他们要再次离开符离，湘灵连夜赶制了一双绣花鞋送给白居易，哭泣着说："这双新娘鞋我无缘穿上，送给你带在身边，就当是我陪伴着你吧。"此后，湘灵送的这双绣花鞋被白居易时刻带在身边。也是那次分别期间，白居易写下了这首《冬至夜怀湘灵》。

　　在与湘灵已无未来的情况下，白居易在三十七岁的时候与同僚的妹妹走进了婚姻的殿堂。而湘灵却终身未嫁。白居易将对湘灵的爱和绝望都写进了《长恨歌》中，"天长地久有时尽，此恨绵绵无绝期"的痛彻心扉只有经历过的人才能懂吧。

　　湘灵既然只能是梦中的思念，那最深的情只好埋藏在心底。因此，发达后的白居易有了各具姿色的三十三个家姬，不乏"樱桃樊素口，杨柳小蛮腰"，但她们都无法取代湘灵在白居易心中的地位。

　　湘灵是白居易一生的"长相思"。

小寒

科普 //

小寒是二十四节气中的第二十三个节气，也是冬季的第五个节气。《月令七十二候集解》曰："小寒，十二月节。月初寒尚小，故云。月半则大矣。"小寒是反映气温冷暖变化的节气，"寒"指寒冷，"小"则指寒冷的程度较小，它的字面意思就是寒气积聚，但还没有到达极点。冬至之后，由于冷空气频繁南下，小寒、大寒之际成了一年中气温最低的阶段。虽然人们普遍以为小寒没有大寒时寒冷，但事实上，在我国的北方地区有"小寒胜大寒"之说，而南方地区则普遍要到大寒时气候才最冷。小寒时斗柄指癸，太阳到达黄经285度的位置，交节时间点对应于公历每年的1月5日至7日中的一天。

诗歌里的二十四节气

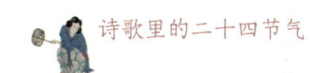

节气三候

中国古代将小寒分为三候:"初候,雁北乡;二候,鹊始巢;三候,雉雊。"大雁的行为一直是人们判断节气变化的重要依据,小寒的前五日里,人们看到南下越冬的大雁已经向北方飞回了。又过了五日,喜鹊们已经感觉到了阳气的萌动,开始衔草筑巢,为繁殖做准备。雊,指的是雉鸡的鸣叫。在小寒最后的五日里,雉鸡由于感觉到了阳气的萌动,而开始鸣叫。

气候特点

我国大部分地区的温度以1月为最冷,也就是小寒、大寒之际。依据我国长期以来的气象记录,长江以北的大部分地区的次冷旬都出现在1月上旬,也就是小寒节气,而长江以南地区则出现在1月下旬,也就是大寒节气。"小寒大寒,冷成冰团。""小寒时处二三九,天寒地冻冷到抖。"这些民谚都说明了小寒节气里的寒冷程度。

因为受到西伯利亚寒流的影响,小寒节气时西北风强劲,冷空气降温过程频繁,不仅表现在平均气温上,而且表现在极端温度上。此时的东北的北部地区,平均气温普遍在-30℃左右,极端最低温度可以达到-50℃。华北地区的普遍温度在-5℃左右,极端最低温度在-15℃以下。秦岭—淮河一线的平均气温则在0℃左

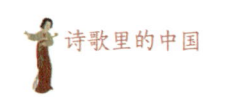

右，以秦岭—淮河为界，此时的秦岭—淮河以北都是一派严冬景象，此线以南的低海拔河谷地带，则少有出现0℃以下的低温天气。

气候农事

小寒时节，我国大部分地区因受到西伯利亚寒流影响，气温波动较大。此时的农事活动较少，主要是越冬作物的防寒防冻工作。对于黄河流域的冬小麦，可以采取碾压麦田的方式减少土壤温度和湿度的散失，同时当寒潮或冷空气来临时，还可以通过增施稀粪、撒施草木灰等方式，提高土壤肥力，为作物提供充足的养分。对于南方地区的冬小麦、油菜等作物除了注意防寒防冻，还要做好追施腊肥的工作。对于果树等农林作物，农民可以通过人工覆盖的方式防御冻害。大雪过后，对于果树枝条上的积雪要及早摇落，以免因重力或大风天气造成枝干断裂，对来年的春发造成影响。

民俗文化

古人称农历十二月为"腊月"，而小寒正值农历的腊月，因此，在小寒众多的节日习俗里，腊月初八的"腊八节"是不得不提的。

腊八节源于古时候人们的祭祀活动，因此腊八节重要的活动之一就是举行"腊祭"。"腊祭"在每年的岁末，也就是农历十二月份。汉应劭《风俗通义》中记载："《礼传》：'夏曰嘉平，殷曰清祀，周曰大蜡，汉改为腊。'腊者，猎也，言田猎取禽兽，以祭祀其先祖也。"这便是说"腊祭"为祭祀先祖。还有一种说法，即"腊者，接也，新故交接，故大祭以报功也"。这便是说"腊祭"是为辞旧迎新，以酬诸神。《吕氏春秋》记载了周代的腊祭："是月也，大饮蒸，天子乃祈来年于天宗。大割，祠于公社及门闾，飨先祖五祀，劳农夫以休息之。天子乃命将率讲武，肄射御、角力。"自周代以后，历代都沿袭了"腊祭"这一习俗，从天子、诸侯到平民百姓，都会在腊月里举行"腊祭"。"腊祭"有三重含义：一是表示自己不忘根本，以表达对祖先的崇敬与怀念；二是岁末酬谢百神，感激天地诸神为农民这一年的丰收所作出的贡献，并祈求来年的丰收和庇佑；三是农民们结束了一年的忙碌后的欢娱与放松的节日。

先秦时，一入腊月，人们就要举行重大的"腊祭"活动，并将举行"腊祭"的这一天称为"腊日"。"腊祭"作为"一岁之大祭"，其盛大程度堪比年节，《荆楚岁时记》曰："孔子所以预于蜡宾，一岁之中，盛于此节。"因此，人们举办"腊祭"活动的准备时间较长，开始的时间不是固定在某一天。直到汉代时，才将"腊祭"的日子定在冬至日后的第三个戌日，而将"腊祭"固定在腊月初八这一天，则是到了魏晋南北朝时才确定下来的。同时，之前的腊月初八也并不喝腊八粥，腊祭与腊八节最初的节日内涵并不一致。喝腊八粥是在佛教传入中国之后，传统的腊祭与佛教的腊八节相融合后才产生的新的节日习俗。

腊八节是佛教的盛大节日之一，相传腊月初八这一天是佛祖释迦牟尼的成道之日，为了纪念此日，寺庙在这一天会做佛事，同时以米和果物熬粥供佛或向穷苦人民施粥。宋代吴自牧的《梦粱录》中记载："此月（十二月）八日，寺院谓之'腊八'。大刹等寺，俱设五味粥，名曰'腊八粥。'"后来这一节日传入了民间，喝腊八粥也成了民间习俗，并且与同在腊月的重要节日"腊祭"相结合，腊八节就成了人们小寒时必过的盛大节日，而吃腊八粥就成了节日习俗之一。

腊八粥又称"七宝粥""五味粥""佛粥"，是一种由多种食材混在一起熬制而成的粥，在中国的北方十分流行。但是，在不同时代、不同地区，人们制作腊八粥的用料也有不同。南宋周密在《武林旧事》中记载了腊八粥的用料："则寺院及人家用胡桃、松子、乳蕈、柿栗之类作粥，谓之'腊八粥'。"清代富察敦崇在《燕京岁时记》中记载了北京的腊八粥的用料："腊八粥者，用黄米、白米、江米、小米、菱角米、栗子、红江豆、去皮枣泥等，合水煮熟，外用染红桃仁、杏仁、瓜子、花生、榛穰、松子，及白糖、红糖、琐琐葡萄，以作点染。"

腊八节是典型的北方节日，除了喝腊八粥，人们在腊八节还会泡腊八蒜、吃腊八面、吃冰、吃腊八豆腐等，而在南方地区就少有人提腊八。

过去，南京人很重视小寒节气，这一天会吃菜饭。菜饭一般用矮脚黄青菜、咸肉片、香肠片或者板鸭丁，配上生姜和糯米一起熬煮，味道十分鲜美。对于老南京人来说，菜饭可以媲美腊八粥。

旧时天津地区有在小寒时吃黄芽菜的习俗。黄芽菜是天津的特产，实际上是用白菜心制成的。冬至后，将白菜外面的大叶子去掉，只留菜心部分，离地大约两寸，用粪肥覆盖，不能透气，半个月后可以食用，非常脆嫩。北方较冷，过去条件差，不能很好地贮藏新鲜蔬菜,这种方法可以很好地弥补冬天蔬菜的匮乏。后来条件好了,人们随时能吃到新鲜的蔬菜,吃黄芽菜的习俗也就慢慢消失了。

一樹千葩吐
絳韎蒸霞爛
日發華滋歲
寒不覺冰霜
厚密蕊偏宜
栗烈吹

小寒二候
山茶

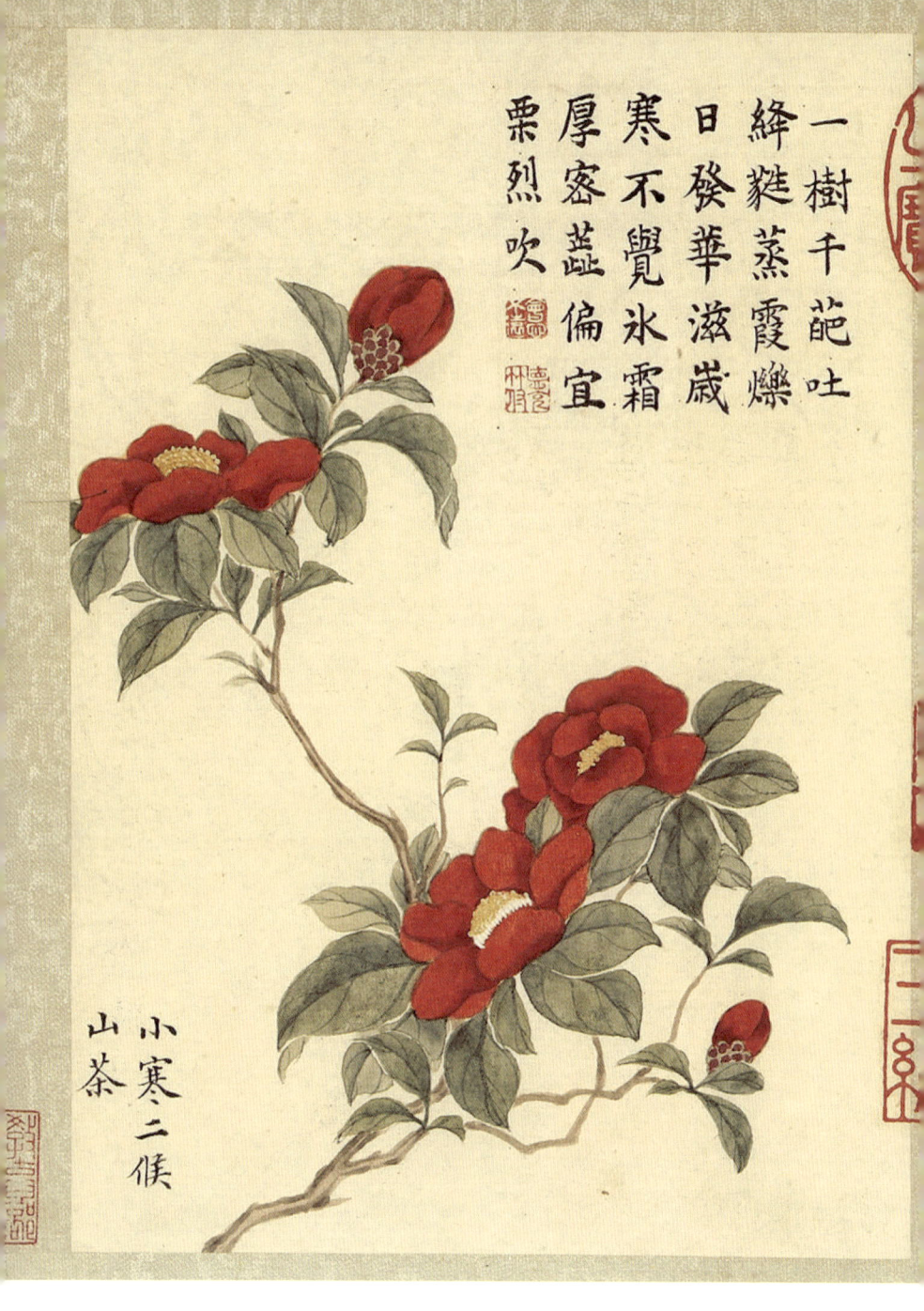

◆清董诰画二十四番花信风

小寒一候　梅花
小寒二候　山茶

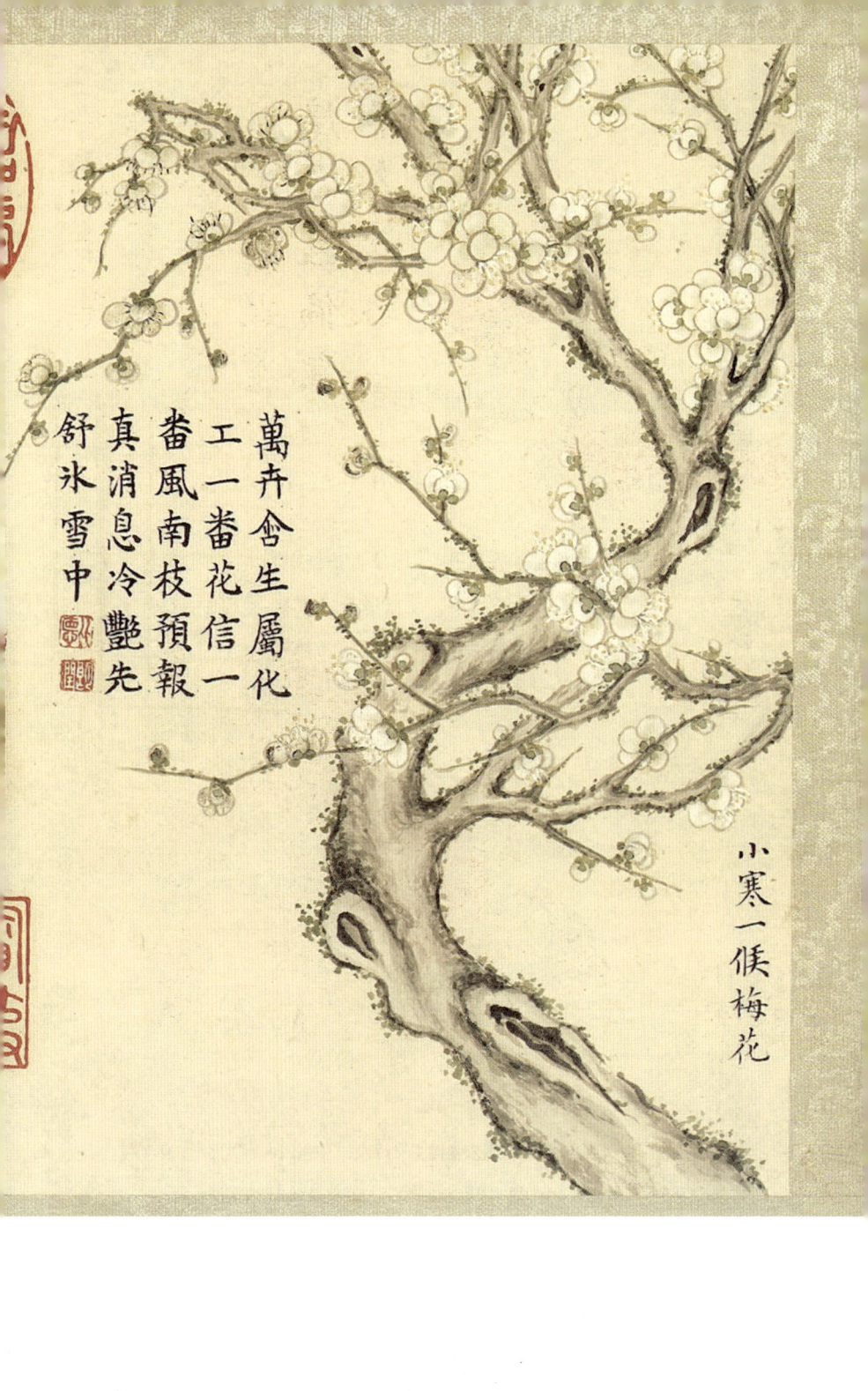

萬卉舍生屬化工一番花信一番風南枝預報真消息冷艷先舒氷雪中

小寒一候梅花

诗歌里的中国

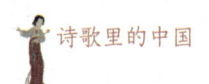

小园独酌

宋·陆游

横林摇落弄微丹①，深院萧条作小寒。
秋气已高殊可喜，老怀多感自无欢。
鹿初离母斑犹浅，橘乍经霜味尚酸。
小酌一卮幽兴足，岂须落佩与颓冠②？

陆游，字务观，号放翁，南宋爱国主义诗人，"中兴四大家"之一，有《剑南诗稿》《渭南文集》《南唐书》《老学庵笔记》《放翁词》《渭南词》等。

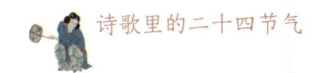

主旨

这首诗描绘了诗人独自在小园中饮酒的情景,表达了诗人内心的孤寂与忧伤,后又借酒来展现洒脱之意。

注释

①微丹:指秋天树叶刚刚变红。陆游《闲游》:"微丹点破一林绿,淡墨写成千嶂秋。"
②落佩与颓冠:指玉佩脱身,衣冠不整,形容失意潦倒。杜牧《晚晴赋》:"若予者则为何如?倒冠落佩兮,与世阔疏。"

诗里诗外

陆游性格豪放,胸怀壮志,他把在现实生活中无法实现的壮志豪情都倾注在诗中,凭借幻境、梦境来一吐胸中的壮怀英气。陆游的记梦诗极富浪漫主义精神,有着丰富而瑰丽的想象,颇有李白诗的风范。陆游在当时有"小李白"的称号。如《江楼吹笛饮酒大醉中作》一首:

世言九州外,复有大九州;此言果不虚,仅可容吾愁。

> 许愁亦当有许酒，吾酒酿尽银河流。
> 酌之万斛玻璃舟，酣宴五城十二楼。
> 天为碧罗幕，月作白玉钩；织女织庆云，裁成五色裘。
> 披裘对酒难为客，长揖北辰相献酬。
> 一饮五百年，一醉三千秋。
> 却驾白凤骖班虬，下与麻姑戏玄洲。
> 锦江吹笛余一念，再过剑南应小留。

用银河酿酒，宴请全城宾客，穿着五彩祥云织成的五色裘，向星辰祝酒，一喝就是五百年，一醉就是三千年。诗人气魄之雄伟，想象之奇绝，令人叹服。

但是，陆游建功立业的抱负与当权者的求和政策有着无法调和的矛盾。1127年，北宋灭亡，南宋的统治者昏庸懦弱，面对金人的进犯，主和派一直占上风，朝廷不断退让，令宋朝文人担忧和愤怒，愤懑之情无处宣泄，于是将之融入到诗词之中。陆游主战，统治者求和，残酷的现实环境给诗人心灵压上了无法摆脱的重负，因而陆游的诗歌又有杜甫诗歌关怀现实、沉郁悲凉的一面。

《书愤》是陆游悲壮诗歌风格的代表之作，此诗为宋孝宗淳熙十三年（1186）春，陆游居家乡山阴时所作。被罢官后，陆游在家乡蛰居六年，写下此诗时61岁。山阴虽是农村，但并不是脱离现实的世外桃源，仍然有关于战事的消息不断传来。想到山河破碎，中原沦陷区的人民仍生活在水深火热之中，而朝廷却被小人左右，诗人的郁愤之情便喷薄而出：

诗歌里的二十四节气

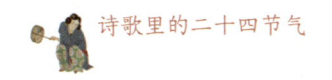

早岁那知世事艰,中原北望气如山。
楼船夜雪瓜洲渡,铁马秋风大散关。
塞上长城空自许,镜中衰鬓已先斑。
出师一表真名世,千载谁堪伯仲间。

　　陆游始终不受重用,他的诗就表现为激昂与悲怆交织。年轻时的他气势如山,但雄心壮志却只能"空自许",与现实形成了强烈的反差,具有极强的感染力。此诗尾联用典明志,陆游想到了坚持北伐的诸葛亮。诸葛亮名满天下,千年来无人能与之相提并论,可惜诗人自己却不能像诸葛亮一样施展抱负。整首诗歌,字字句句皆是愤慨。这首七言律诗,格律严谨,对仗工整,起承转合分明,可与杜甫的七律比肩,后世诗家评价这首诗曰:全首浑成,风格高健,置之老杜集中,直无愧色!

大寒

科普 //

  大寒是冬季的最后一个节气,也是二十四节气中的最后一个节气,更是一年中的最后一个节气,"过了大寒,又是一年"。同小寒一样,大寒也是反映天气冷暖程度的节气。大寒,即寒冷到了极致。正如民谚所说:"小寒大寒,无风自寒。"《授时通考·天时》引《三礼义宗》曰:"大寒为中者,上形于小寒,故谓之大……寒气之逆极,故谓大寒。"《群芳谱》也说,大寒时节,"寒威更甚"。由此可以看出:一来,相对于小寒,大寒的寒冷更甚;二来,大寒之时,寒气已经到达了极点,故谓之"大"。大寒时,北斗七星的斗柄指向丑,太阳到达黄经300度的位置,交节时间点对应公历每年的1月20日至21日中的一天。

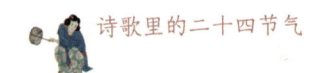

节气三候

中国古代将大寒分为三候："初候，鸡乳；二候，征鸟厉疾；三候，水泽腹坚。""乳"可作生殖的意思。大寒时节，阳气回升，母鸡已经开始孵化小鸡了。又过了五日，人们可以看到鹰隼一类的凶猛飞禽，在空中盘旋着寻找食物，它们一旦发现猎物立刻就能捕获。在大寒节气的最后五天里，由于天气已经寒冷到了极致，连河中的水都会一直冰冻到河中央，坚硬而厚实。

气候特点

大寒节气的典型特征就是低温、风大、雨少，我国大部分地区都呈现出一种持续"晴冷"的态势。相较于小寒，大寒期间，我国的南方地区达到了一年中最冷的时节。由于受到西伯利亚寒流的影响，西北方向有强劲的寒流频繁南下，常常形成大范围的寒潮天气。除了终年积雪的青藏高原地区以及南部沿海的无雪区，此时，我国大部分地区都受寒流影响，呈现出一派千里冰封、天寒地冻的景象。此外，大寒作为一年中雨水最少的时段，即便是雨量充沛的华南地区，大寒期间的降水量也仅有 5～10 毫米。

诗歌里的中国

气候农事

  大寒时节,人们尚且处于农闲时期,但由于此时受北方冷空气频繁活动的影响,全国大部分地区都会受到寒潮影响。因此,小麦、油菜等越冬作物的防寒、防冻工作就十分重要,农民需提前浇好冻水、施好腊肥,并及时碾压麦田或给农作物增加覆盖物。所谓"苦寒勿怨天雨雪,雪来遗我明年麦",此时如遇降雪天气,厚厚的积雪不仅可以冻死一定的病虫,还可以对冬小麦等作物起到一定的保温作用,同时融化的雪水也为来年春天作物返青提供了充足的水分,对于冬小麦的生长是十分有利的。但如遇长时间的严寒而少雨雪的天气,则要根据不同地区的耕作习惯,适时浇灌,及时追施腊肥。

民俗文化

  大寒是一年中的最后一个节气,过了大寒便是立春,即迎来新的一年。大寒过后,年味就一天比一天浓了。再加上此时恰是农闲时间,家家户户都在忙着准备年货,迎接新年的到来,因此,大寒期间的一系列迎新年活动都被统称为"大寒迎年"。"大寒迎年"的习俗多种多样,各地也有所差异,有"食糯""吃饺子""做牙""扫尘""糊窗""腊味""赶婚""趁墟""洗浴""贴年红""蒸花馍"等,人人都在忙碌着,好不热闹。

诗歌里的二十四节气

所谓"食糯",就是食用糯米制作的食物。古时候,大寒节气里,人们会用糯米制作各种各样的美食来享用。例如我国南方的壮族人民,会用糯米制作节日食品,如粽子、糍粑、米糕、五色糯米饭、汤圆、油团等。为了迎接新年,壮族人民会制作一种八仙桌大小的"粽粑",即用芭蕉叶子包裹糯米,内里还会放一条剔去了骨头的腌猪腿。人们会将这种"粽粑"用于除夕祭祖,并在祭祖完毕后,由同族人共同分食,以表示大家同心同德,团结和睦。

所谓"做牙",也称"做牙祭",分"头牙"和"尾牙"。头牙在农历的二月初二,尾牙则在腊月十六。尾牙既是商家一年活动的"尾声",也是普通百姓春节活动的"先声"。尾牙祭这一天,商家会让辛苦了一年的雇工好好享用年终大餐,还会给雇工发放红包,以示感谢。相传尾牙宴上,商家会用鸡头的朝向来表明是否续聘,因此好心的商家会将鸡头朝向自己或者直接去掉。现代企业流行的"年会"其实就是尾牙祭的遗俗。而在普通百姓家,人们会在尾牙祭这一天在门前设供品,以祭拜地基主和土地公,同时全家人也会聚在一起"食尾牙"。

所谓"扫尘",就是大扫除,也称"除尘""扫家"。大寒之后,距离春节也就没几天了,这时候家家户户都开始"除陈布新",准备迎接新年。所谓"腊月不除尘,来年招瘟神",人们认为"扫尘"就是扫除不祥。"除尘"时,要将室内的尘土打扫出去,重新粉刷墙壁,糊窗花,贴年画,期盼来年有个好兆头。

所谓"赶婚",就是忙于嫁娶。在古代,人们认为腊月二十三之后,诸神都上天去了,百无禁忌。这个时候,无论是娶媳妇还是嫁人,都不用挑日子,以至于直到年底,举行婚礼的人都非常多,

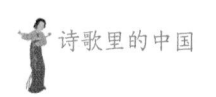

称"赶乱婚"。因此,民间还有"岁晏乡村嫁娶忙,宜春帖子逗春光。灯前姊妹私相语,守岁今年是洞房"的歌谣。

所谓"腊味",是指腌制过的肉,通常挂于通风处,作为过年的菜肴。"腊"是一种肉类食物的处理方法,我国先民早已掌握此项技术,《周礼》《周易》就有关于"肉脯"和"腊味"的记载。另外,农历的十二月也称腊月,西北地区干燥少雨,肉类不易变质,且少蚊虫,适合制作风干腊味。

大寒时,农村的集市也是一年中最热闹的地方。大家忙着赶年集,买年货。赶集是北方的叫法,南方叫趁墟。赶集是农耕文化的产物,在乡村,人们要在集市上交换、购买一些生活用品。这种集市一般是露天的,摊点设置在路两边,由于不是每天都有,每逢集市的时候就热闹异常。

以前在大寒期间,家家户户都会蒸供品,俗称蒸供儿。供品的种类有家堂供儿、天地供儿等。供儿一般用发面蒸制,为了美观,有的会在顶部点个红点,还有的会在顶部三开,插枣,被称为枣饽饽。除了饽饽,还会蒸年糕,有的年糕蒸成板状,被称为板糕。

民间还有大寒期间祭灶神的习俗。民间传说灶神在每年的腊月二十三日晚上会上天向玉皇大帝汇报民间事。所以,人们祭灶神是希望灶神上天以后帮忙说好话。祭灶神也称送灶神、祭灶、辞灶等,北方多在腊月二十三举行,南方多在腊月二十四举行。祭拜灶神通常在神位下摆上香烛、酒食、糖等,并换上新的灶神像,人们还会在灶神像两旁贴上"上天言好事,下界保平安"的对联。祭灶神一般由家里的男人参加,女人不能参加。如宋朝范成大的《祭灶词》中便提到了此事:"男儿酌献女儿避,酹酒烧钱灶君喜。"

诗歌里的二十四节气

民间有俗语"芝麻开花节节高",其寓意是来年顺利,事业、学业都能更进一步。因此,人们在大寒时节会购买芝麻秸。在除夕夜,大人们将芝麻秸撒在道路两旁,供孩子踩着玩,取谐音"踩岁",寓意"岁岁平安",希望全家健康。

大寒在二十四节气的最后,既是一年的终了,也是一年的新启。尽管大寒时节十分寒冷,但中国先民们仍在这一节气中安排了各种各样的习俗活动,人们在热热闹闹中迎接新的一年。

婆娑幽客涵
光澤玉蕤團
圞蘊素馨婀
娜輕盈倚文
石梅兄清韻
結忘形

大寒三候山礬

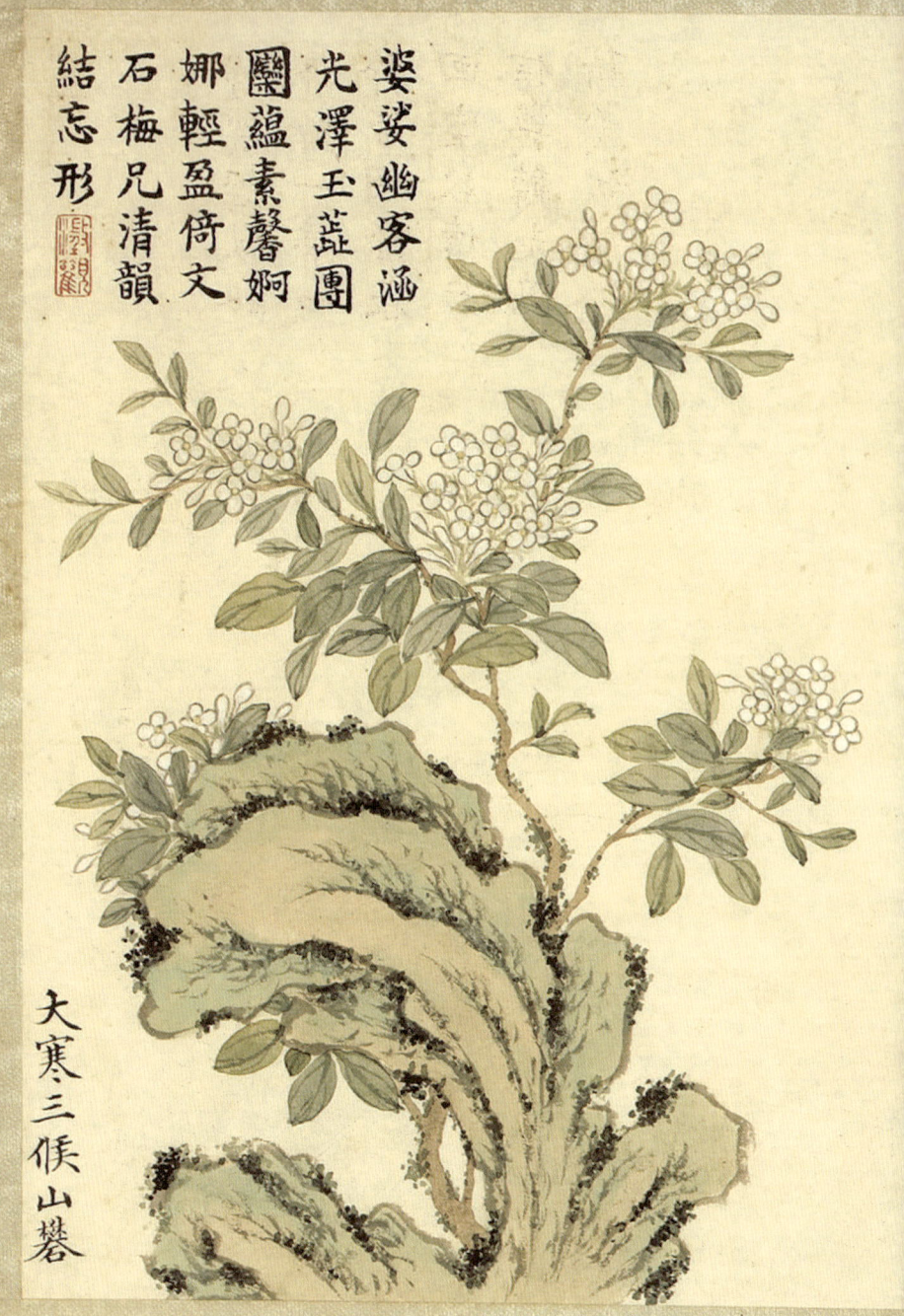

◆清董浩画二十四番花信风

大寒二候　兰花
大寒三候　山矾

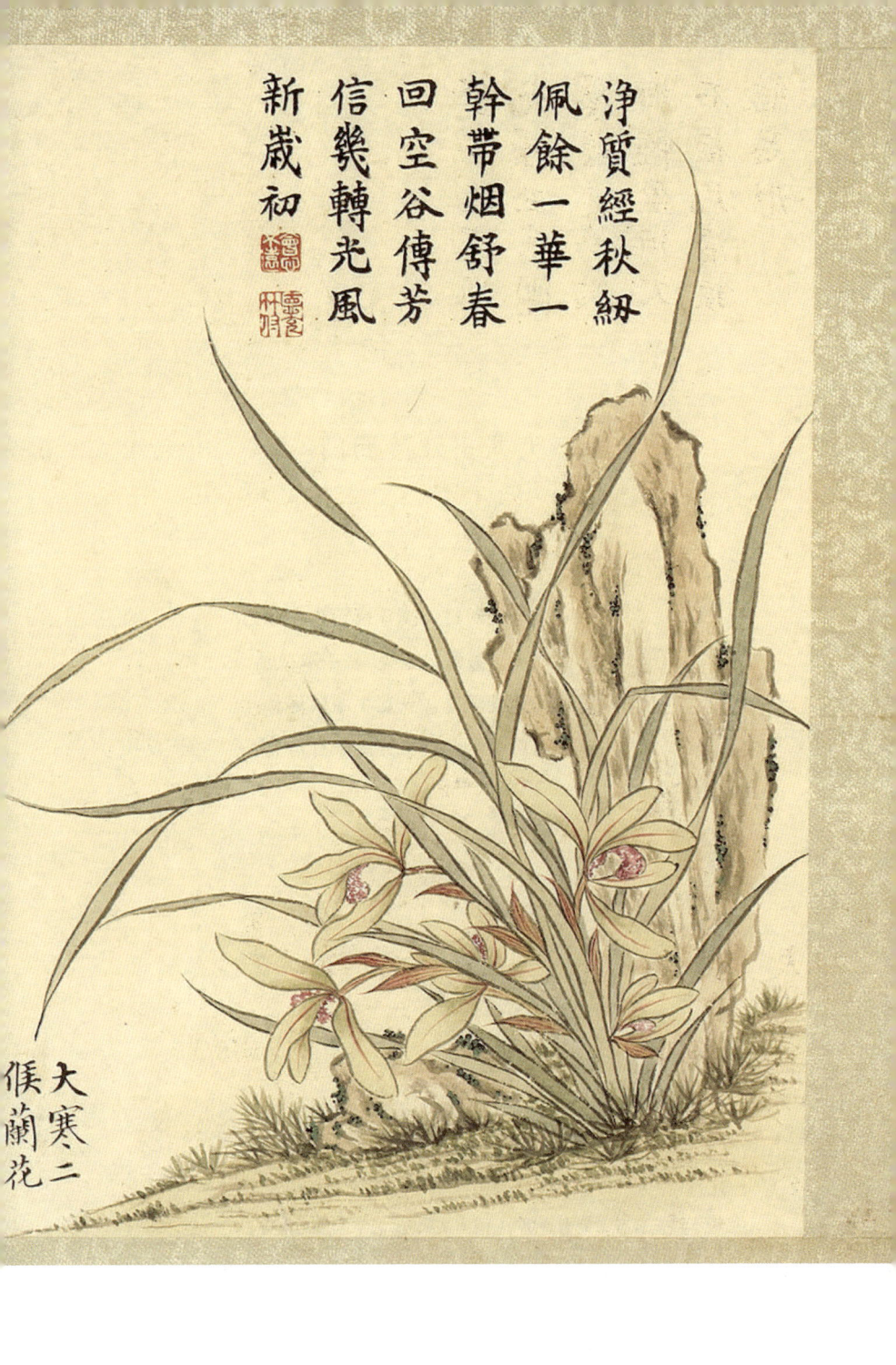

淨質經秋紉
佩餘一華一
幹帶煙舒春
回空谷傳芳
信幾轉光風
新歲初

大寒二
候蘭花

大寒出江陵西门

宋·陆游

平明羸马出西门,淡日寒云久吐吞。
醉面冲风惊易醒,重裘①藏手取微温。
纷纷狐兔投深莽,点点牛羊散远村。
不为山川多感慨,岁穷游子自消魂。

陆游,字务观,号放翁,南宋文学家、史学家、诗人、词人。陆游一生笔耕不辍,著有《剑南诗稿》《渭南文集》《老学庵笔记》等。

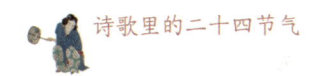

主旨

诗人骑马出城,在欣赏途中严冬自然风光的同时,也表达了游子在异乡漂泊的孤寂和无奈之情。

注释

①重裘:指质量极差、分量很重的皮衣。宋张耒《初夏谒告家居值风雨偶作二绝·其二》:"高堂终日雨潺潺,却著重裘尚薄寒。"

诗里诗外

陆游所处的宋朝,是一个奇特的朝代,经济发达,军事实力却孱弱;也是一个悲凉的时代,男儿纵有铮铮铁骨,却报国无门。

陆游自幼聪慧过人,能文能武,正如他晚年所写的《观大散关图有感》:"上马击狂胡,下马草军书。"《醉歌》:"读书三万卷,仕宦皆束阁。学剑四十年,虏血未染锷。"陆游虽学剑四十年,却未能建功立业。即使报国无门,陆游的思想并不消极,正如本诗中的"岁穷游子自消魂"。

对于满腔热血的陆游来说,心中无疑是苦闷的。他在《诉衷情》中表达了这种壮志未酬身已老的愤懑:

当年万里觅封侯,匹马戍梁州。关河梦断何处?尘暗旧貂裘。

胡未灭,鬓先秋,泪空流。此生谁料,心在天山,身老沧洲。

虽然"身老沧洲",但陆游的报国之志从未改变。正如他在《十一月四日风雨大作》中所说:"僵卧孤村不自哀,尚思为国戍轮台。夜阑卧听风吹雨,铁马冰河入梦来。"

在生命的最后时刻,既然看不到"王师北定中原日"的那一刻,陆游只能嘱咐儿子"家祭无忘告乃翁"。

陆游的一生,可以说是胸怀天下,心系苍生。

附录　二十四节气发展史

概说

　　节气又叫节候或节令，有阶段季节、气候的意思，反映的是大自然的物象变化和规律。人类在长期的狩猎、采集、耕作等活动中，逐渐注意到周围环境的各种物象的变化。后来，人们慢慢发现并总结其中的规律，逐渐形成了一套比较完整、成体系的中国节气。

　　二十四节气是上古农耕文明的产物，反映的是自然节律的变化。二十四节气是根据地球绕太阳运行一周的轨道，也就是太阳在黄道的位置来划分的。黄道，其实是人们假想出的一个大圆圈，即以地球为观测点，太阳在一年内"走"过的路线，从另一个角度来说，也就是地球公转轨道面在天球上的投影。人们可以根据太阳处于黄道上的位置来判断季节和日期。太阳每年运行360度，每运行15度为一个节气，一年经历二十四个节气。

　　二十四节气是十二个中气和十二个节气的合称。在古代，"节"和"气"是分开的，分别叫作"节气"和"中气"，节气和中气交替出现，各历时十五天。现代将二者统称为"节气"。古代对节气和中气有严格的规定，将一年称为一岁，一岁又分为十二个月，每月有两个节气，一个在前半月，俗称"节气"，一个在后半月，俗称"中气"。在农历中，平年每月也有两个节气，一个节气，一个中气。

二十四节气是干支历中表示自然节律变化以及确立"十二月建(月令)"的特定节令。二十四节气始于立春，终于大寒，对应春、夏、秋、冬四个季节，每个季节又分别对应六个节气。二十四节气分别是立春、雨水、惊蛰、春分、清明、谷雨、立夏、小满、芒种、夏至、小暑、大暑、立秋、处暑、白露、秋分、寒露、霜降、立冬、小雪、大雪、冬至、小寒、大寒。其中立春、春分、立夏、夏至、立秋、秋分、立冬、冬至这八个是用来反映季节变化的节气；小暑、大暑、处暑、小寒、大寒这五个是反映气温、表示一年中不同时期的寒热程度的节气；雨水、谷雨、白露、寒露、霜降、小雪、大雪这七个是反映全年降水变化的节气；惊蛰、清明、小满、芒种这四个是反映自然物候现象变化的节气，其中小满、芒种还反映着有关作物的成熟和收成情况。人们将二十四节气总结为一首节气歌：

春雨惊春清谷天，夏满芒夏暑相连。
秋处露秋寒霜降，冬雪雪冬小大寒。
上半年逢六廿一，下半年逢八廿三。
每月两节不变更，最多相差一两天。

形成与发展

（一）上古先秦时期的节气

节气在我国有悠久的历史，从节气的萌芽到二十四节气的形成，经历了漫长的过程。人类并不是一开始就有时间概念的，而是在不断的生产生活中逐渐形成的。先民们通过长期的观察来认识自己生活的环境，逐渐有了时间意识，知道了昼夜交替，"日出而作，日落而息"。

人们虽然很早就开始关注周围环境的变化，也发现了一年中会经历草木从生发到枯萎这样的季节变化，但并不是一开始就确立了春、夏、秋、冬四个季节的。早期的人们只把一年分为春、秋两季，以春季为一年的开始，以秋季为一年的结束，即春季播种，秋季收获。在早期的文献中可以发现，人们习惯以"春秋"一词来代指一年，其实就是这个原因。《庄子·逍遥游》中就有"蟪蛄不知春秋"的说法。因为蟪蛄（蝉）这种昆虫的寿命非常短暂，根本不足一年，所以"不知春秋"。

随着人们对季节变化的掌握，春、秋二季已不足以反映和记录季节的变化，故又逐渐在春秋之外增加了冬、夏二季。而四季的分明一直到西周末期才得以实现，并且在很长一段时间里，人们对于四季的顺序的认知还是春、秋、冬、夏。《礼记·孔子闲居》中就有记载："天有四时，春秋冬夏。"一直至战国后期，人们才将四季的顺序确定为春、夏、秋、冬。

春、夏、秋、冬四季都有了，那么该如何来确定一个季节的开始与结束呢？为了确定四季的更替时间，人们又将二十八星宿按照东、南、西、北的方向分成了四组，即"四象"：东青龙、南朱雀、西白虎、北玄武。"四象"分别对应着春、夏、秋、冬四季，人们就根据这四象的位置来判断春、夏、秋、冬四季的更替。据战国时期的《鹖冠子·环流》记载，人们通过观察北斗七星的斗柄指向来判断四季的更替："斗柄东指，天下皆春；斗柄南指，天下皆夏；斗柄西指，天下皆秋；斗柄北指，天下皆冬。"通过星象与季节的结合，一年中四时的划分得以确定，这也为之后的节气的划分奠定了基础。

上古时候，人们主动获取生存资料的基本方式是狩猎与采集。在从自然界获取各种生活资源的同时，先民们面临着各种严峻环境的挑战。因此，妇女们在采集的过程中，逐渐了解了某些植物的生长周期，男子们在狩猎的过程中也开始关注各种虫鱼鸟兽的生活规律。植物什么时候发芽、什么时候结果，虫鱼什么时候潜伏，鸟兽什么时候出没……正是在漫长的狩猎和采集的过程中，先民们逐渐在时间意识之上又建立起了物候意识，并不断总结记录下了这些规律。

先民们除了对物候的观察外，还有对日月星辰的观测。《山海经》中就有关于太阳出入的神山位置的记载，虽然这是神话故事，但在一定程度上反映了先民们对太阳运动规律的认识。西晋哲学家杨泉在《物理论》中说："畴昔神农始治农功，正节气，审寒温。以为早晚之期，故立历日。"也就是说上古时期的神农氏已观测到节气的一些规律。

尧舜时代，人们对天象有了进一步的认识，据《尚书·尧典》记载，尧时出现了负责观测日月之象的天文历官羲、和，唐尧因羲氏与和氏擅长观测星象，因此命令羲仲、羲叔、和仲、和叔四人观象制历，授民以时，"乃命羲和，钦若昊天，历象日月星辰，敬授人时。分命羲仲，宅嵎夷，曰旸谷。寅宾出日，平秩东作。……申命羲叔，宅南交。平秩南讹，敬致。……分命和仲，宅西，曰昧谷。寅饯纳日，平秩西成。……申命和叔，宅朔方，曰幽都，平在朔易"。这四位历官分别在东南西北四个地方进行天象的观测，测定太阳出入的方位，观测昼夜的长短，等等。

虽然羲氏与和氏的存在与否尚且存疑，且羲和本是《山海经》中的神话人物，此处却被历史化并分为两个人，且《尚书·尧典》中记载："日中、星鸟，以殷仲春。……日永、星火，以正仲夏。……宵中、星虚，以殷仲秋。……日短、星昴，以正仲冬。"这些都说明此时人们已经有了明确的四时概念，只是关于节气的记载尚处于萌芽草创阶段。其中的"日中""日永""宵中""日短"都是对四季中太阳变化的描述，说明这一时期的人们已经意识到了二分、二至。再据竺可桢在《论以岁差定〈尚书·尧典〉四仲中星之年代》中论证的观点，这一时期当属于殷末周初。同时，2003年山西襄汾县的陶寺古观象台遗址的发现，也为《尚书·尧典》中的记载提供了佐证。因此，节气的萌芽至少可以追溯到殷末周初之际。

清代学者顾炎武在《日知录》中曾说过："三代以上，人人皆知天文。"意思是说从夏商周三代往上算，无论妇孺老幼，人人都懂天文。这在一定程度上是由于古时候的科学技术和教育水平较低，人们面对神秘莫测的大自然无所适从，因此常常夜观天象，将星辰运行的轨迹与地上万物的变化规律相对应起来，以安排自己的生产生活，即"仰观星日霜露之变，俯察昆虫草木之化，以知天时，以授民事"。

从文献资料来看，《夏小正》是目前我国现存最早的一部农事历书，也是最早记录星象变化与农时关联的文字资料，只不过此时的记载中还没有出现四季和节气的概念。但《夏小正》中所记载的古人在气象、物候方面的成就，却是后来形成完整的中国节气（二十四节气）的基础。

《夏小正》的"夏"是指我国历史上夏商周三代中的夏代，"正"即"政"，"小正"便是"小政"，指一些琐碎而不太重要的事。由于《夏小正》年代久远，其内容多是口耳相承，原始文字难免会有遗漏，后人又对其进行了补充、解释和加工。因此，书中记录的星象和物候错综复杂，人们对成书的年代及内容反映的时代颇有争议。但是现在学术界经过对《夏小正》中文字和内容的研究，认为其至迟成书于春秋时期，而且有些资料的年代更加久远。

从《夏小正》中的文字记载可以推出，夏代的历法是将一年分为十二个月，而此时有关一年的周期的测定尚且与太阳无关，而是以某一特定星象的再现来衡量的，即恒星年。对于月份的标识，也不是以月亮的圆缺周期为标准的朔望月，而是以某些显著的星象的昏中星、旦中星、晨见、夕伏来标识的。《夏小正》中，除了二月、十一月和十二月外，每一个月份都有天象的记载。不过，《夏小正》作为我国最早的一部农事历书，整体并不完善，其中应用了大量直接观测的物候，因而从严格意义上来说，它只是一部物候历。

《夏小正》中大量物候的记述，也为后来《礼记·月令》《吕氏春秋·十二纪》中的物候记载提供了基础。《夏小正》对"启蛰"这一物候的记载，就为后来二十四节气中惊蛰节气的形成提供了原型。此外，《夏小正》中记载的"时有养日"和"时有养夜"也与后来二十四节气中的"夏至"和"冬至"有关。因此，《夏小正》中虽然没有二至、二分、四立这些构成二十四节气基本结构的重要节气，但其对于后来二十四节气的形成却有着重要意义，在中国节气的发展史中亦具有不可忽视的地位。一方面，《夏小正》的存在反映了古人已经学会通过观察大自然的物候特征的方法来把握时令；另一方面，其记录下来的观测经验，为后来的人们用物候划分时令奠定了基础。

到了周代的时候，人们已经学会了使用测算工具来测定日影，计算时间。当时的测算工具叫作圭表。通过在正午时测量在圭上的影子的长短变化以确定季节的变化，人们首先确定了二至日。北半球影子最长的一天为冬至，影子最短的一天为夏至。

相传西周初年，周公在选择国都地点时便使用了圭表测影。《周礼·地官司徒·大司徒》载："以土圭之法测土深，正日景，以求地中。……日至之景尺有五寸，谓之地中，天地之所合也，四时之所交也，风雨之所会也，阴阳之所和也。然则百物阜安，乃建王国焉，制其畿方千里而封树之。"郑众曰："土圭之长，尺有五寸。以夏至之日，立八尺之表，其景适与土圭等，谓之'地中'。"虽然在这一记载中，圭表测影的初始目的是寻找不东、不西、不南、不北的地中，但正是在这一观测中，人们首先确定了北半球日影最长的冬至日和日影最短的夏至日，冬至与夏至成为第一组节气词。

明代朱载堉在《律历融通》中说："且如今日午中晷景极长，则从今日为始，日日验之，凡历三百六十五日而复长，是为冬至。"这就是说，早期的冬至日的测算需要使用圭表测影法"日日验之"，直到第三百六十五天日影再次达到最长，刚好为一年，由此测出的冬至日才是精确的。正是依据冬至与夏至这两个极点，人们才准确掌握了一年中日影长度变化的周期性，为二十四节气的最终确立提供了基础。但在二十四节气的确立过程中，冬至与夏至的日影长短是实际测量出来的，而其他节气时的日影长短，则是通过演算推测出来的，因而并不精确。

"至"是"极、最"的意思，可以理解为"到达了极点"。夏至、冬至合称"二至"，分别表示夏季和冬季的到来。但这个"极点"并不是"终点"的意思，不是说夏季和冬季的结束，而是对太阳照射走向的反映，即夏至时太阳向北走到了极点，要向南回归了，而冬至也是类似，象征着太阳开始向北回归。夏至日和冬至日一般对应公历每年的6月21日和12月22日前后。夏至日，太阳直射约北纬23.5度，黄经90度，此时的北半球白昼最长。冬至日，太阳直射约南纬23.5度，黄经270度，此时的北半球白昼最短。

之后又有了春分和秋分，共四个节气。《尚书·尧典》中已有"二至""二分"的概念。"分"在二十四节气里表示平分的意思。春分、秋分合称"二分"，表示昼夜长短相等。"分"也可以理解为将一个季节"一分为二"，表示这个季节的中点，春分代表着春季过了一半，秋分则代表着秋季过了一半。这两个节气一般对应公历每年的3月20日和9月23日前后。春分、秋分，黄道和赤道平面相交，此时黄经分别是0度和180度，太阳直射赤道，昼夜相等。

随着古代天文学的发展，春秋时期，人们已经从二分二至中又确立了"分至启闭"。《左传·僖公五年》中记载："凡分、至、启、闭，必书云物，为备故也。"杜预注："分，春秋分也；至，冬夏至也；启者，立春、立夏；闭者，立秋、立冬。"战国《吕氏春秋·十二纪》

中已记载了立春、春分、立夏、夏至、立秋、秋分、立冬、冬至八个节气的名称。

"立"有"建立、确立"的意思，表示一年四季中每个季节的开始，春、夏、秋、冬四个"立"，即表示四个节气的开始。比如，立春，就表示春季的开始。立春、立夏、立秋、立冬合称"四立"，对应公历每年的2月4日、5月5日、8月7日和11月7日前后。一年四季由"四立"作为起点，进行着四季的轮换，反映着物候、气候等多方面的变化。我国幅员辽阔，南北差异大，"四立"表示的只是天文季节的开始，从气候上说，一般还在上一个季节。比如立春时，虽然天文季节已经标志着春天的开始，但此时我国的黄河流域还处在隆冬季节。

四时八节的确立为二十四节气的最终确立搭建了基本的框架。后来人们在八节的基础上，又将每一节分为三气，直接发展成二十四节气。《周髀算经》中记载："凡为八节二十四气。"赵爽注："二至者寒暑之极，二分者阴阳之和，四立者生、长、收、藏之始，是为八节。节三气，三而八之，故为二十四。"人们在二十四节气的基础上融入十二月纪，将节气发展到每月一节一气，一年十二节，十二气。

大概在秦末汉初之际，完整的二十四节气才得以确立。西汉时淮南王刘安组织编写的《淮南子·天文训》中记录的二十四节气的名称和顺序都与现在的二十四节气基本相同。

（二）秦汉时期的节气

古人为了生产、生活的需要，根据天象变化规律制定了历法。

其中，根据太阳的运行规律制定的就是阳历，根据月亮的运行规律制定的就是阴历，而根据太阳和月亮的运行规律结合制定的就是阴阳历。二十四节气就属于阴阳历。

春秋末期至战国初期，出现了一种历法，它以 365 又 1/4 日为一回归年长度，以 29 又 499/940 日为朔策，并以十九年七闰为闰周来调整年、月、日周期。因其正好将一日四分，故称"四分历"，为与"后汉四分历"相区分，也称"古四分历"。从春秋战国至秦朝时期制定的古六历就属于古四分历。古六历是指《黄帝历》《颛顼历》《夏历》《殷历》《周历》《鲁历》，这些都是古四分历，即一个回归年的时间为 365 又 1/4 日。

提到古四分历的创制，不得不提《汉书·律历志》中的《次度》。《次度》是一份古代天象实测记录，其翔实的天象记录，既体现了秦汉以前中国古代天文观测的高度和水准，又为古四分历法的创制提供了天象和时令的依据。根据我国学者张汝舟的考证，《次度》中保留的是战国初期的实际天象，其内容基本概括了观象授时的全部成果，它将日期的变更与星象的变化紧密联系起来，完美地结合了二十八星宿、二十四节气和十二月令的关系，实现了阴阳合历。其中所记载的冬至点在牵牛初度，"星纪，初斗十二度，大雪。中牵牛初，冬至（于夏为十一月，商为十二月，周为正月）。终于婺女七度"。这正符合古四分历创制的实际天象。而通过其将二十八星宿按照各自所占的天区划分得出的距度，可以得出一周天为 365 又 1/4 度，与一回归年 365 又 1/4 日相对应，这样正好每过一日，星宿西移一度。因此，依据星宿西移的度数便可以比较精确地推算出二十四节气中每一节气的日期。当然，这是在已经确立了二十四节气之后。

据考，我国古代创制最早的四分历是保留在《史记·历书》中的《历术甲子篇》（"古六历"虽然属于四分历，但其具体的创制时间存疑）。在此之前，中国还处于观象授时的阶段，尚没有历法的创制，而古四分历（《历术甲子篇》）的创制与应用，不仅体现了我国秦汉以前的高度的天象观测水平，也为后来的历法中补充二十四节气奠定了基础。

在《淮南子·天文训》中二十四节气确定之前，《管子·幼官》中还有"三十时节"的记载。与二十四节气按照"四时"来划分不同，"三十时节"则是按照"五行"进行划分的，反映的是一年之中，每隔十二天气候的变化情况。二者既存在一定的对应关系，也有着较大的区别。"三十时节"中出现了"清明""大暑""小暑""白露""大寒"等名称，与二十四节气中的名称相关，由此也可以确定其确实对二十四节气的形成产生了一定的影响。

《淮南子》这本书的名字一开始叫《鸿烈》，"鸿"有广大的意思，"烈"是光明的意思。刘安将此书命名为"鸿烈"，正是取其"广大而光明的通理"之寓意。同时，这本书也是刘安的私心之作，成书之后便将其献给了刚刚登基的汉武帝刘彻，本意就是希望汉武帝能够采纳自己在书中提倡的无为而治的政策，以保住自己的封地和既得利益。但此时的汉武帝已有自己的宏伟谋略，通过加强中央集权，削弱各诸侯国封地对自己的威胁，从而彻底实现政治、思想上的大一统。因此，汉武帝在拿到刘安献上的《鸿烈》后"上爱"而"秘之"，即表面上汉武帝向刘安表达了对此书的喜爱，但在实际行动中却将此书束之高阁了。

诗歌里的中国

直到西汉成帝时期,朝廷开展了一次大规模的图书修订整理工程,刘向奉命整理各种图书,才将尘封已久的《鸿烈》取出,并将其与刘安的其他著作编在一起,并取了一个新的书名,即《淮南》。西汉刘歆所著、东晋葛洪辑抄的《西京杂记》把"淮南""鸿烈"两名合并题为"淮南鸿烈",指出该书又号《淮南子》《刘安子》,这是《淮南子》一书始称"子"的开端,《淮南子》因此而成。

《淮南子》原书中有内篇二十一卷,中篇八卷,外篇三十三卷,其中内篇的《天文训》篇,第一次完整且科学地记录下了二十四节气的名称、顺序及运行体系:"两维之间,九十一度十六分度之五,而升(斗)日行一度,十五日为一节,以生二十四时之变。斗指子,则冬至,音比黄钟。加十五日指癸,则小寒,音比应钟。加十五日指丑,则大寒,音比无射。加十五日指报德之维,则越阴在地,故曰距日冬至四十六日而立春,阳气冻解,音比南吕。加十五日指寅,则雨水,音比夷则。加十五日指甲,则雷惊蛰,音比林钟。加十五日指卯,中绳,故曰春分,则雷行,音比蕤宾。加十五日指乙,则清明风至,音比仲吕。加十五日指辰,则谷雨,音比姑洗。加十五日指常羊之维,则春分尽,故曰有四十六日而立夏。大风济,音比夹钟。加十五日指巳,则小满,音比太蔟。加十五日指丙,则芒种,音比大吕。加十五日指午,则阳气极,故曰有四十六日而夏至,音比黄钟。加十五日指丁,则小暑,音比大吕。加十五日指未,则大暑,音比太蔟。加十五日指背阳之维,则夏分尽,故曰有四十六日而立秋,凉风至,音比夹钟。加十五日指申,则处暑,音比姑洗。加十五日指庚,则白露降,音比仲吕。加十五日指酉,中绳,故曰秋分。雷戒,蛰虫北乡,音比蕤宾。加十五日指辛，则寒露，音比林钟。加十五日指戌，则霜降，音比夷则。加十五日指蹄通之维，则秋分尽，故曰有四十六日而立冬，草木毕死，音比南吕。加十五日指亥，则小雪，音比无射。加十五日指壬，则大雪，音比应钟。加十五日指子，故曰：阳生于子，阴生于午。阳生于子，故十一月日冬至，鹊始加巢，人气钟首。阴生于午，故五月为小刑，荠、麦、亭历枯，冬生草木必死。"

由此可知，在节气的名称上，除了将"惊蛰"称为"雷惊蛰"、"清明"称为"清明风至"、"白露"称为"白露降"，其他节气与现代的二十四节气名称是完全一样的。在节气的测定方式上，古人是依据北斗七星的斗柄运行指向来确定四时和节气的，以斗柄运行十五日为一个节气，将全年分为二十四个节气。因为"两维之间"是 91 又 5/16 度，全年共分四维，则斗柄运行一个周期年为 365 又 1/4 度，且又因"升（斗）日行一度"，则二十四节气全年为 365 又 1/4 日。与十五日为一个节气相比，正好又多出了 5 又 1/4 日。

那么，如何解决这多出来的 5 又 1/4 日（约等于 5 日）呢？由于一年按照冬至到立春、立春到立夏、立夏到夏至、夏至到立秋、立秋到冬至正好能分为五个时段，《淮南子》的编者就把这多出来的 5 日分配到了每个时段后面。因而冬至后过 46 天才是立春，而不是 45 日，其他时段也是如此。这种划分虽然十分粗疏，但也算将二十四节气与一个太阳回归年的日期较合理地对应起来了，二十四节气的初代版本正式形成。

汉代初期，朝廷所用的历法基本上都是沿用了秦朝以来的《颛顼历》，这一历法由于年代久远，出现的误差越来越大，已经越来越不适用于指导当时的农事生产。于是，元封七年（前104），经公孙卿、司马迁等人提议"历纪坏废，宜改正朔"，汉武帝诏令公孙卿等人"议造汉历"。

议造汉历是国家级的大事件，当时朝廷征召了全国著名的天文学家参与，有官方的也有民间的，组成了一个二十余人的改历团队。各位专家们聚在一起，既各展所长，又分工协作，制定出了十余部待选历法。最后，经过严格的筛选，由邓平等人制定的改历方案被选中。同年五月，汉武帝举办了盛大的典礼，改年号元封为太初，颁布新历法，称《太初历》，又因其是将一日分为八十一分，故又称《八十一分律历》。

《太初历》最大的历法特征就是吸收了《淮南子》中二十四节气的部分来补充历法，这是中国古代第一次将节气写入历法中，并且这一做法被后世的历法编订所承袭，一直沿用至今。虽然《太初历》只实行了188年，但这一改制对后世历朝历代的历法编订都产生了重大影响，在中国的节气发展史上具有划时代的重大意义。

岁首与节气之首

岁首，即"一岁之始"，也就是作为一年的开始（正月）的那个月，又称"年始"。按照现代的农历，是以农历一月为岁首（正月），但在一开始，岁首的月份并不是固定的。

中国古代有"三正"的说法，即是说夏商周三代历法中的岁首各不相同。《尚书大传》中载："夏以孟春月为正，殷以季冬月为正，周以仲冬月为正。"《史记·历书》中也有记载："夏正以正月，殷正以十二月，周正以十一月。"这就是说，夏历的岁首是一月，也就是以寅月为正月；殷历的岁首是夏历的十二月，也就是以丑月为正月；周历的岁首是夏历的十一月，也就是以子月为正月。

战国时期，各国所用的历法也有不统一的情况，比如当时流行的"古六历"，不仅名称不同，使用的地区也不同，而且有的岁首也不同。六种历法中有四种岁首：夏历建寅，以孟春之月（夏历正月）为岁首；殷历建丑，以季冬之月（夏历十二月）为岁首；黄帝、周、鲁三历建子，以仲冬之月（夏历十一月）为岁首；颛顼历建亥，以孟冬之月（夏历十月）为岁首。

秦朝统一全国后，仍然沿用秦国的历制，施行《颛顼历》，以孟冬之月（夏历十月）为岁首。《史记·秦始皇本纪》载："改年始，朝贺皆自十月朔。"西汉初期，也是承袭秦历，以孟冬之月（夏历十月）为岁首。直到公元前104年，汉武帝颁布新历《太初历》，才将岁首定为了夏历正月。《汉书·武帝纪》中载："夏五月，正历，以正月为岁首。"颜师古注："谓以建寅之月为正也。未正历之前谓建亥之月为正。"自此之后，虽然历朝历代都不断有新历颁行，但以夏历正月为岁首的历制却基本没有改变，除了个别短暂的时期，岁首的月份改变，直至现代的农历，也是以夏历正月为岁首。

与岁首的争议类似，二十四节气的气首不是固定的，并且直至今天，人们关于到底是以冬至还是以立春为节气之首的争论依然没有达成一致。《淮南子·天文训》中记载的二十四节气的气首就是冬至，中国古代最先确定的节气也是冬至，然后再由冬至推算出了其他节气，因而以冬至作为节气之首似乎更符合中国节气发展的历史。另外，我国2017年发布的《农历的编算和颁行》

（GB/T 33661—2017）国家标准中，也是以冬至作为二十四节气之始的。

但是，现代人们通常认为的二十四节气之首却是立春。一方面是因为人们长久以来受到《太初历》将正月作为岁首的影响。《太初历》不仅明确了二十四节气的天文位置，首次正式将二十四节气制定于历法，而且将原来以冬十月为岁首恢复为以夏历正月（农历一月）为岁首，并以没有中气的月份为闰月。立春刚好就是正月的节气，雨水为正月的中气。不过这一点也并不精确，因为在传统的历法中，各个月份的名称是由中气决定的，所以就会出现某年无立春或有两个立春的情况，但这对人们以立春为气首的认知并没有太大的影响。另一方面，在实际的农事安排中，以立春为气首的节气顺序也正好符合了人们春种、夏忙、秋收、冬藏的农耕节奏，这极大地满足了人们在农业及畜牧业生产安排方面的需求。例如，为了方便人们记忆节气的《节气歌》就是按照立春为节气之首而进行编制的。

事实上，节气之首的争论并没有对错，只是依据的标准不同。如果依据的是我国古代历法的传统，则当以冬至为二十四节气之首；如果依据的是建寅历法中月序与节气的关系，则当以立春为二十四节气之首；如果依据黄道坐标系而论的话，则又当以春分点为二十四节气的起点。但现代人们普遍认同的且在农业生产实践中适用性更强的依然是以立春作为二十四节气之首。

四分历与置闰

《太初历》采用的是邓平的八十一分法，此法粗于四分，使用时间久了必然与天象不符。《后汉书·律历志》载:"至元和二年,《太初》失天益远,日、月宿度相觉浸多,而候者皆知冬至之日日在斗二十一度,未至牵牛五度,而以为牵牛中星,后天四分日之三,晦朔弦望差天一日,宿差五度。章帝知其谬错,以问史官,虽知不合,而不能易。故召治历编䜣、李梵等综校其状。二月甲寅,遂下诏。"于是,四分历开始施行。

四分历也称"后汉四分历",以区别于春秋末期的"古四分历"。在古四分历时,人们就已经发现了朔望月(阴历)与太阳回归年(阳历)并不一致。宋代科学家沈括在其著作《梦溪笔谈》中也指出了中国历法中存在节气与朔矛盾、岁与年错乱等问题。可见,这一问题一直是历代治历者最为头疼的问题。

那么,如何调适年与岁的关系呢?那就是置闰。通过补天数的方式让年与岁的天数一致。例如在《淮南子·天文训》中就是以十五天为一个节气,共生成二十四个节气,即 15 天/节 ×24=360 日。但由于一个回归年计为 365 又 1/4 日,如果按照十五天一个节气来划分的话,每年就会有 5 又 1/4 日的时间多出来。在古代,为了解决这多出来的 5 又 1/4 日,人们将夏至作为大年,每年过三天,又将冬至规定为小年,每年过两天,剩下的 1/4 日则采取四年赶一天的办法,规定每四年就在冬至节加一天,即每四年逢"一闰"。

事实上,一开始人们只能依据观测天象来安插闰月,置闰并不是有规律的。人们的置闰方式十分随意,一般都是在发现季节与月令差异较大时,就直接通过置闰来解决,有时甚至一年里有两闰,即十四个月。直到比较精确地确定了回归年后,人们才比较精确地掌握了年与岁之间的调适关系。例如《说文》中就有解释："闰，余分之月，五岁再闰也。"这种"三年一闰，五年再闰"的置闰法是比较古老的，而十九年七闰法就相对精确一些了。虽然早在春秋末期，人们就已经掌握了十九年七闰的规律，但直到"后汉四分历"时，才明确规定了"十九年七闰"。中国古代称这一置闰周期为"章"。《后汉书·律历志》载："岁首至也；月首朔也。至朔同日谓之章。"也就是说，采用十九年七闰法，"年"与"岁"便能相合。

后汉四分历的岁实和朔策与"古四分历"相同，都是一回归年等于365又1/4日，1朔望月等于29又499/940日。按照四分历的规定，月亮绕地球一周（一个朔望月）是29又499/940日，那么纯阴历的十二个月（一年）就是29又499/940日×12=354又87/235日，与地球绕太阳一周（一回归年）的天数365又1/4日相差约11天，必须通过置闰的方式才能实现"年"与"岁"的调和。于是，按照十九年七闰法，则是（19×12）+7=235月，总天数为29又499/940日×235≈6939又3/4日，与19个回归年的总天数365又1/4日×19=6939又3/4日正好相等。

但事实上，按照现代比较精确的观测和科学推算，两者之间仍然有差距。月亮绕地球一周平均为29.53059日，而地球绕太阳一周为365.242216日。那么，依据十九年七闰法，则纯阴历的十九年总天数为[（19×12）+7]×29.53059日=6939.68865日，与十九个回归年的总天数19×365.242216日=6939.602104日并不相等，但也已经十分接近了。

后汉四分历中明确规定的"十九年七闰法"使得年与岁的关

系得到了较大的调和，如果从春秋末期计算，这一置闰方法一直沿用了千年，直至北凉赵𫘪在《元始历》中提出 600 年中有 221 个闰月的新闰法，才再次调整了年与岁的关系。后来祖冲之在赵𫘪的理论基础之上又提出了 391 年有 144 个闰月的新闰法，他的闰周的精密程度较赵𫘪更高，使得年与岁之间的差距也更加接近。

（三）魏晋南北朝时期的节气

"平朔"与"定朔"之争

我国古代的历法主要采用的是阴历或阴阳历，但无论是阴历还是阴阳历，都必然有将朔望月作为计算的常数。朔望月是指月球绕地球公转相对于太阳的平均周期，即月亮的圆缺变化的周期。我国古代先民将月亮在星空中随着自东向西的位置变化而产生的从缺到圆的各种形状的变化称为"月相"，即月亮相位的变化。人们将月相变化的周期称为"朔望月"，也称"太阴月"，古称"朔策"。人们将完全看不到月亮的一天称为"朔日"，即阴历每月的初一，这一天的日、月几乎同时出没，月球和太阳的黄经相等；又将月亮最圆的一天称为"望日"，即阴历每月的十五（大月为十六），这一天的月球和太阳的黄经相差 180 度。

朔望月作为基本的时间单位，它是连接两次朔或两次望之间的时间。古人发现，月亮的圆缺变化是有一定规律的，并且经过观测得出，从一次月圆到下一次月圆所经历的时间大约是三十天。因此，古代历法中规定的朔望月的平均日数为 29 又 499/940 日，以大月为 30 日，小月为 29 日，大小月轮流交替。这种推算方法所得的朔日称"平朔"。

但在实际情况中，月行速度在一个近点月内时时变动，日行速度在一回归年内也有迟疾，因此，日月合朔就未必在平朔这一天内。虽然通过大小月的方式进行了协调，但其与天象并不相符，对于日月食的发生时刻的推算也不准确。据历史记载，日食的发生有在上月的晦日的，也有在本月的初二的。

南朝宋的天文学家何承天在编订《元嘉历》时，就曾主张废除平朔，采用定朔。何承天上表称："又月有迟疾，合朔月蚀，不在朔望，亦非历意也。故元嘉皆以盈缩定其小余，以正朔望之日。"

采用定朔法的好处就在于，将日月黄经相等的时刻定为"朔"，将日月黄经相差180度的时刻定为"望"，这样日食就一定发生在朔日，月食也一定发生在望日，朔望与天象不符的矛盾就可以解决。但是，当时的人们已经习惯了平朔法，思想守旧的有势者更是无法接受定朔法导致的四个大月相连和三个小月相连的情况，于是坚决反对使用定朔法，何承天采用定朔法的想法最终没有实现。后来的刘孝孙、刘焯等人都在历法中建议使用定朔，尤其是刘焯，他在制定《皇极历》时不仅采用了定朔法，还考虑了祖冲之的岁差法，独创了一种等间距二次内插法，使历法的科学程度大大提高，但最终因为张胄玄等人的反对而被弃用。

唐代以前，历朝历代的历法中都采用平朔法，导致人们只知道月有一大一小，而不顾历法的精确性和科学性。虽然何承天、刘焯等人已经发现了问题并给出了定朔法这一正确解决办法，但由于时人的墨守成规，导致新法始终未能施行。唐武德二年（619），在沿用了数千年的平朔法后，定朔法终于迎来了它的机遇。道士傅仁均因"善历算、推步之术"被唐高祖召令修订旧历。为了改正平朔法导致的历法缺点，傅仁均决定采用定朔法，制定了《戊寅历》，这是我国历法史上的一次大改革。

《戊寅历》是中国古代第一部由朝廷颁布施行的采用定朔法的历法，但才施行不久，就被《麟德历》所取代。原因是贞观十九年（645）九月以后，按照《戊寅历》的排法，出现了有四个月连续是大月的现象，这在当时的历学家们看来是极反常的异象，最后受到多方攻击的《戊寅历》不得不被停用。麟德二年（665），唐高宗颁行《麟德历》，平朔法再次取代了定朔法。

为了解决出现连续四个大月或三个小月的问题，《麟德历》采用了一种独创的"进朔法"。李淳风在编《麟德历》时，参考了刘焯的《皇极历》，再用"定朔"，但并不是严格意义上的定朔法，而是根据朔日余数的具体情况，将朔日上退一日或下推一日，使得相应的大月变成小月或小月变成大月。这是因为，如果按照平朔法，虽然可以出现规则的一大一小月，却与天象不符，日月合朔总是比实际上早一天或晚一天。而李淳风采用了"进朔迁就"的方法就可以解决这一问题。这种变通的方法使得指责定朔法的人也失去了口实，只好接受，这一办法一直沿用到了元代。

岁差及节气位置的变动

东晋时期的经学家、天文学家虞喜于公元330年发现了岁差。据《宋史·律历志》载："虞喜云：'尧时冬至日短星昴，今二千七百余年，乃东壁中，则知每岁渐差之所至。'"我国古代十分注重冬至点的测定，上古时候，人们就通过测定昏旦中星，推算夜半时刻中星的位置，来确定太阳在星空中的位置。虞喜通过测定，发现自己所处时代的冬至点中星的位置，与唐尧时代所测得的中星的位置不一样，由此推算出冬至点每一年的位置都有差异，岁差之名也由此而来。

由于地球在运行过程中，受到其他天体的引力作用，赤道与黄道的交点不断地改变，而这一交点每年移动的值就是"岁差"。根据现代的实测，冬至点在黄道上大约每年西移50.2秒，也就是71年8个月差一度，按照中国的古度就是70.64年差一度。

由于这一移动的角度非常微小，以致于一直未能引起古人的注意。其实，早在西汉刘歆编订《三统历》时，就曾对冬至点的位置产生过怀疑，但未意识到冬至点的改变，更没有发现岁差的存在。曹魏的贾逵根据实测，发现战国时代记载的冬至点在牵牛初度的位置并不准确，当在"斗二十度四分度之一"。但是，贾逵也没有意识到这是冬至点在西移，也没有发现岁差的存在。

直到晋代的虞喜才发现了岁差的存在，并测定自唐尧至其所处的时代的两千七百多年间，冬至黄昏中星已经过了53度的变化，从而得出的结论是冬至点每50年西移1度。这一点在《新唐书·历志三》中有记载："其七《日度议》曰：古历，日有常度，天周为岁终，故系星度于节气。其说似是而非，故久而益差。虞喜觉之，使天为天，岁为岁，乃立差以追其变，使五十年退一度。"

虽然虞喜已经发现了岁差，但并未将其应用于历法制定之中，真正将岁差这一概念引入历法的是南北朝时期的祖冲之。祖冲之继承和发展了虞喜的测定方法，依据大量的历史资料研究推算，使岁差的测定方法发展成熟。他将自己"参以中星，课以蚀望，冬至之日，在斗十一"，与姜岌测定的冬至点在斗十七的结果相比较，认为"通而计之，未盈百载，所差二度"。由此得出岁差值为45年11个月差一度。祖冲之测算出来的岁差值与实际上的岁差值相差较大。隋代刘焯的《皇极历》中，则将岁差改为75年差一度，比虞喜和祖冲之测算的岁差值都更加精确，也更接近于实测值。这一岁差值也被唐宋在历法制定中所沿用。到了元代的《授时历》时，岁差值已经精确到了66年8个月差一度。

岁差的存在直接导致的后果就是冬至点的变动。每一年的冬至点都没有回到原来的位置上，而是岁岁西移，这也导致了二十四节气位置的变动。不过，在中国古代，人们制定历法时需要符合天象，对日食、月食的准确性尤其重视。因此，中国的历法每过一段时间就要修订，而在岁差被发现后，自祖冲之的《大明历》始，后世的治历者在每一次修订历法时都会考虑岁差的问题。岁差值越来越精确，也使得二十四节气位置推算更精确，相应的交节时间点也越来越精确。

在二十四节气中，节气是跟着太阳年走的，和朔望月并没有什么关系，因而就会出现二十四节气的位置不固定，每个月的节气都不一样，若遇到农历闰年的闰月就只有一个节气，没有中气。

除了二十四节气在天文学上的位置变动外，其名称的顺序也曾发生变动。众所周知，二十四节气的二十四个名称并不是一开始就确定的，它们的排序也不是一开始就和现代的顺序一样，而是在其形成的过程中经过变化才最终确定的。前文中已经提到，在《淮南子》的记载中，除了将二十四节气中的"惊蛰"称为"雷惊蛰"、"清明"称为"清明风至"、"白露"称为"白露降"外，

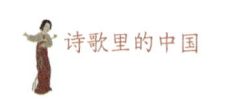

其他节气的名称与现代是一样的。但"惊蛰"的古称原是"启蛰",因为西汉第六位皇帝刘启继位后,人们为了避讳,才将"启蛰"改为了"惊蛰"。并且二十四节气中的"启蛰"一开始是排在"雨水"前面的,汉代人们将"启蛰"改为"惊蛰",《礼记·月令》以及汉代的历法都是将"惊蛰"排在了"雨水"之前,后来人们又把"雨水"调换到了"惊蛰"的前面,形成了现在的二十四节气的顺序。据传是因为"惊蛰"是"惊雷动而蛰虫出"的意思,但古人发现正月里的天气多为下雪天,打雷的天气实在太罕见了,而二月则比较常见下雨天,多春雷,所以才将"惊蛰"移到了二月。

(四)隋唐时期的节气

刘焯与"定气法"

古时人们将地球绕太阳走完一个节气固定为十五天,将一年平分为二分二至,得出春分到夏至、夏至到秋分、秋分到冬至、冬至到春分之间分别相距91天多。但由于地球公转的速度是变化着的,地球绕太阳走完一个节气的时间实际上并不是固定的十五天。这一问题,直到魏晋南北朝时才被北齐的天文学家张子信发现。

据《隋书·天文志》记载,张子信"学艺博通,尤精历数",为了躲避当时的葛荣之乱,曾隐居海岛三十多年,潜心观测研究天文历法。在这么多年"专以浑仪测候日月五星差变之数"中,张子信发现了"日行在春分后则迟,秋分后则速",即地球在运转到近日点前后时速度较快,而运转到远日点附近时则慢一些。经过张子信的观测与推算,他发现太阳从冬至运行到春分所经历的时间为 88 天多，而从夏至运行到秋分所经历的时间则为 93 天多。同时，他还给出了二十四节气的日行"入气差"，即视太阳实际行度与平均行度之差。虽然在现有史料的记载中，张子信的研究成果并未被编成新历法，但这一差度的发现及其计算方法却对后世的张胄玄、刘孝孙、刘焯等人都产生了巨大的影响。

公元 581 年，北周最后一个皇帝静帝禅位于丞相杨坚，北周覆亡，隋朝建立。杨坚作为隋朝的开国皇帝，很快就实现了南北统一，开创了辉煌的"开皇盛世"。新王朝的诞生必然伴随着新历法的颁布。公元 584 年，隋朝开始颁布并施行道士张宾等人修订的《开皇历》。其实，《开皇历》是张宾为了迎合隋文帝杨坚想要以"符命耀天下"的愿望，而在南朝何承天的《元嘉历》的基础上损益而成。

新历颁布后，刘孝孙和河北冀州秀才刘焯对新历法提出了异议。二人直指制历者张宾比之南朝何承天是"失其菁华，得其糠秕"，历数《开皇历》中的谬误，指出其缺点是不用破章法，不考虑岁差，不知用定朔，不会计算上元积年而立五星别元等。由于当时隋文帝刚刚称帝不久，急需借助新历法来巩固自己的统治，再加上其对张宾十分信任，因此刘孝孙二人的正确意见并未对新历法的施行产生任何影响。并且由于二人对新历法提出异议而得罪了张宾等人，直接被冠以"率意迂怪""惑时乱人"的罪名，赶出了京城。刘焯更是被革除功名，被迫回到了家乡。

刘焯回到家乡后，从此潜心研究学问，教书育人。其间，刘焯曾获悉张胄玄受到重用，将主持编订新的历法，于是将刘孝孙的历法稍作修改，改名为《七曜新术》，上报朝廷。但因《七曜新术》与张胄玄的历法冲突较多,刘焯受其压制。直到公元600年,隋文帝命令太子杨广主持历法工作,刘焯才再次来到京城。刘焯的这一次归来,还带来了他钻研多年的心血之作《皇极历》。

刘焯的《皇极历》较先前的旧历,吸取了张子信关于太阳视运动不等速的观点,并发明使用了等间距二次内插法,使其对日月五星运行的推算较先前的历法都更加精密,是一部具有革新精神和科学价值的创世之作。《皇极历》的诞生也是中国古代历法改革中的一次大变革。同时,刘焯还将定朔法、定气法和躔衰法(即日行盈缩之差)应用于《皇极历》中,他发现:"有日行迟疾,推二十四气,皆有盈缩定日。春秋分定日,去冬至各八十八日有奇,去夏至各九十三日有奇。"刘焯认为二十四节气都应该有"定日",于是改革了二十四节气的划分方法,废除传统的"平气法",改用新创的"定气法",这是开后世之先的一次创举,也让二十四节气的推算更加精确。但因保守派的反对,《皇极历》最终没能颁行天下,其较先进的划分二十四节气的方法"定气法"也未能真正应用。

所谓"平气法",就是将一个太阳回归年的时间平均分成24份,每一份对应一个节气,刚好二十四个节气。因此,平气法也称恒气法。这一划分方法的来源最早可以追溯到《淮南子·天文训》,它将二十四节气平均分配到一个回归年内,一个节气15天,没有繁复的推算,简洁明了。但这种划分方式也会出现一个问题,即每个节气实际并不是刚好15天整。并且,《淮南子·天文训》为了解决这一问题,并不是每一个节气都完全平分成了15天,而是按照冬至后15天为小寒,小寒后15天为大寒,大寒后

16 天为立春……如此排算二十四节气。最后计算出来的一年的天数为（15+15+16+15+15+15）×4=364（天），比一个太阳回归年的时间少了 1 又 1/4 天。后来，人们就索性将一个太阳回归年的时间即 365 又 1/4 日平均划分到二十四节气上，每个节气便是 365.25÷24=15.21875（天），这样一来，二十四节气的总数和全年的时间就没有冲突了。这种完全均等地划分节气时间的方法就是所谓的"平气法"。

采用平气法的好处在于它的推算方式干脆利落，简单易行。虽然在实际历法的编纂中会产生不准确性，但人们也想出了应对之法，即先用冬至确定起始点，再用平气法进行节气的推算，并且用实际观测的冬至、夏至对节气进行修正，以确保历法的正确性。这也是我国古代每隔一段时间就要进行历法修订的原因之一。

但是，采用平气法划分出来的节气毕竟是不准确的，因此，随着天文学的发展，人们又发现了一种新的划分方法——平分黄道。也就是刘焯在《皇极历》中采用的"定气法"。刘焯将黄道 360 度平均划分为 24 等份，也就是将每个节气划分为 360 度÷24=15 度。以太阳在黄道上的运行轨迹为准，自冬至日开始，太阳每运行 15 度，就规定一个分点，交一个节气，由此，二十四个节气就表示地球在绕太阳公转轨道上的 24 个不同的位置，而在每个节气中，对应公转走过的角度也都是相等的 15 度。这种划分的方法也被称为"定气法"。

"平气法"采用的是平分全年的时间来确定节气，"定气法"采用的是平分太阳的运行角度，它可以更加准确地反映二十四节气里太阳在黄道上的位置，即二十四节气有"定日"。此外，刘焯的《皇极历》还在新的二十四节气的划分方法上，创立了等间距二次内插法，将各个节气内每日太阳运动速度按等差数列变化，得出各日太阳实际行度与平均行度之差是一个等差级数之和，并且给出了完整的太阳视运动不均匀改正数值表，即日躔表。

《皇极历》作为当时较先进的历法，虽然没有能够被统治者所采用，但刘焯的历法思想却得到了民间天文研究者的赞同，也为后世历法编订者提供了重要参考。唐代李淳风就是依据刘焯的历法思想编订了《麟德历》，一行的《大衍历》中也将刘焯的等间距二次内插公式发展成了不等间距，清代的《时宪历》正式采用了《皇极历》中提出的精确划分二十四节气的"定气法"思想。总之，刘焯的《皇极历》虽然没有正式施行，但其先进的历法思想让二十四节气的时间计算更加精准和完善，是二十四节气由平气法向定气法过渡的有益尝试。

一行与《大衍历》

对定气法作出重要贡献的还有唐朝僧人一行。一行本名张遂，祖上是唐王朝的开国功臣，到武则天时，家道中落。张遂二十岁时曾在长安求学，那时已颇有名气，但因不屑与权贵为伍，在嵩山落发为僧，佛号"一行"，自此潜心研究学问，多次受到官府招募而不就。后来一行遍游天下，学习各种学问，尤其对气象学的研究十分有心得，以至于在登封民间还流传有"一行管天"的故事。

公元717年，一行受到唐玄宗的招募，到朝廷任职。任职期间，一行一边为唐玄宗安邦治国建言献策，一边钻研佛学，同时还致力于天文历法的研究。公元721年，由于现行的历法《麟德历》在测量日食、月食的时间上频频出现偏差，唐玄宗便将改历之事提上了日程。在众多精通历法的学者中，唐玄宗最终任命一行来主持编修新的历法，足见一行在天文历法方面的造诣之深。

一行认为编历必须建立在实测的基础之上，因此在接到重修历法的重任后，他首先邀请梁令瓒主持制作"黄道游仪"与"水运浑天仪"。公元723年，黄道游仪制成，这架仪器的黄道并不固定，可以在赤道上移位，以符合岁差现象。公元724年，为了给新历法的制定提供更加精确的监测数据，在一行的组织下，我国历史上第一次大规模的天文大地监测活动顺利展开。其中，以南宫说亲自率领的测量队在河南所做的一组观测成就最大，得出大约三百五十一里八十步，北极高度相差一度的结论。这实际上给出了地球子午线一度的长度。这次大规模的观测，一行用实测数据彻底否定了传统理论中"日影一寸，地差千里"的说法。

与此同时，一行还关注到了西方历法中的有用成分，他组织并翻译了有关印度天文学的著作，在新历法的制定中也吸收了《九执历》的先进历算成果。《九执历》中将周天度数分为360度，明显区别于中国古代历法中传统的365又1/4度的体系。一行在新历的编订中，借鉴了《九执历》中360度的分度划分，并在其月亮极黄纬表格中采用了360度制，但在有关周天度数以及黄、白道度数的换算中，依然以传统的365又1/4为基数来划分。虽然一行在新历的编订中采用了两套分度体系，但由于当时强大的守旧势力，一行在新历中的绝大部分的计算仍然使用传统的365又1/4度，源于西方的周天360分度体系并未能被广泛接受。

公元729年,《大衍历》颁行于世。一行的《大衍历》对二十四节气的确定较刘焯有了较大进步。一方面,一行在积累了大量的实测数据后认为,太阳运行速度在冬至附近最快,以后逐渐变慢,夏至时最慢,之后又逐渐增快,到冬至又为最快。同时,由于冬至附近日行速度最快,故二气间运行所需时间最短,夏至附近日行速度最慢,故二气间运行所需的时间最长。由此,一行将一年中的二十四节气分为四段,秋分至冬至、冬至到春分,都是88.89天;春分到夏至、夏至到秋分,都是93.73天,每段都各分成六个节气。这一划分方法较刘焯的划分方法更加科学,也更接近于通常所称的"定气法"。另一方面,源于西方的周天360分度体系第一次在中国历法中被借鉴使用,这也使二十四节气越来越接近现代版本。此外,"七十二候"第一次作为补充历法被引入了《大衍历》之中,这一做法被后代的历法所沿袭。《大衍历》作为"唐历之冠",在中国历法体系中具有里程碑的意义,其对中国节气体系的发展与完善,尤其是二十四节气的精确测定同样具有里程碑的意义。

(五)宋元明清时期的节气

杨忠辅与《统天历》

宋代是我国历史上修改历法十分频繁的朝代,前后修改过十余次。宋代频繁修改历法,一方面说明宋代科学技术的发展,另一方面也反映出当时天文学研究的活跃。仅北宋年间,朝廷就进行了五次大规模的天文观测,这为编修历法提供了更加精确的数据。南宋宁宗庆元四年(1198),由于当时施行的《会元历》"占候多差",于是宁宗下令更造新历。庆元五年(1199),天文学家杨忠辅编订的新历法《统天历》正式颁布施行。

杨忠辅编订的《统天历》是南宋第一部建立在系统、精密的天文测量基础之上的历法,其中节气、合朔、月亮过近地点与黄白交点的时刻等数据都比较准确,并且在诸多历法问题上进行了改革。

《统天历》实际上废除了上元积年,这是中国历法史上的一个进步措施。在中国古代历法推算中,人们认为必须要有一个推算的起点,这个起算点就叫作"历元"。所谓"建历之本,必先立元,元正然后定日法,法定然后度周天以定分至。三者有程,则历可成也"。历元既可以是编订历法的年代的实测,也可以是推算到很久以前的某个年代;既可以是各个天体取一个特殊历元,也可以是一个确定的适用于所有天体的共同历元。中国古代历法中所取的历元实际上是一种理想的上元(太极上元),人们认为在这一刻,所有天体的全部已知周期运动起点都会重合于同一个位置,并且,过了一个大周后,所有的天体还会再次同时回到这个起点位置。这个大周就是所有天体全部运动周期的最小公倍数,而每一个大周又可以分成各种小周,这些小周也是某几个天体运动周期的最小公倍数。过了一个小周之后,这几个天体的周期运动的起点也会重合一次。

这种理想的上元最早在《淮南子·天文训》中就已经出现,但直到西汉刘歆的《三统历》才正式给出了上元积年的推算结果。《汉书·律历志》记载:"汉历太初元年,距上元十四万三千一百二十七岁。前十一月甲子朔旦冬至,岁在星纪婺女六度。"也就是说，按照汉历规定的历元起始于冬至、朔旦、甲子日夜半，推算出《太初历》的上元积年为143127年。再后来，上元积年几乎成为每部历法中必不可少的一项参数，并列为历法的第一条。但是，随着天文观测越来越精密化，计算越来越繁杂，上元积年的数字越来越庞大，这就导致了计算的难度加大，使用也不方便。唐代曹士蒍的《符天历》就曾以显庆五年（660）为历元，以雨水为岁首，第一次冲破了上元积年的枷锁，但他也只是削掉了数十万以上的积元，并未彻底废除上元积年。直到杨忠辅的《统天历》，才真正从实际上废除了上元积年。但是为了避免守旧派的攻击，杨忠辅仍然虚立了一个上元，而其订正上元所需的"气差""闰差""转差""交差"四项数值都是依据绍熙五年（1194）的实测而算出来的。尽管如此，他的历法改革却失败了。而上元积年在完全意义上的消失，则是到元代《授时历》的时候了。

自虞喜发现了岁差之后，祖冲之首先在历法计算中引入了岁差，唐宋时代的历法也大都沿用隋代刘焯在《皇极历》中的岁差数值。《统天历》所采用的岁差值为66年8个月差一古度。但杨忠辅在《统天历》中另立周天差338920。如《统天历》的策法12000，岁分4382910，周天分4383090，以策法除周天分，可以得到周天365.2575度，由此得岁差每年西移0.0150度，或66年8个月西移一古度。

杨忠辅在《统天历》中，以策法除岁分，将岁实的数值精确到了365.2425日，较现代所测的数值只相差了25.92秒，与现行的公历所采用的数据相同。杨忠辅所测的数值是当时世界上最精确的回归年长度，取代了当时已经使用了长达七百年之久的祖冲之测量的回归年长度365.2428日，并且这个数值正是后来的《格里高利历》（今天通用的公历，于1582年颁用）中所采用的，这让中国远远领先了世界将近四百年。在元代郭守敬等人编订的《授时历》中，所采用的回归年长度就是365.2425日。

杨忠辅还发现了回归年日数并不是一个常数，而是一个"古大今小"的变量。并且，他还在《统天历》中给出了一个回归年长度随时间而变化的改正值——"斗分差"。无论是向前推算古代，还是向后测算将来，都需要用斗分差来校正回归年长度。自汉代以来，每每修改历法，都需要对一个回归年的长度进行校正，但是由于古人是依据圭表测影法来判定冬至日的，所以每次都是根据实际测得的数据来定冬至，而不是平冬至。这样所定的岁实是"定岁实"，而不是"平岁实"。因此，人们所得的一回归年的长度（一岁实）是时损时益的，而且没有固定的标准。杨忠辅发现回归年每年减少的日数与近代观测的数据相差甚远，因而《统天历》的斗分差是过大的，但当时的人尚且不知道冬至和近日点有远近，岁实也应该有消长，杨忠辅所创的斗分差为人们获得更加精确的岁实数值提供了可能，他的这一创举也为中国古代的天文历法作出了重要贡献。

《统天历》虽然采用了大量精确的数据和先进的算法，但仍有不足之处。嘉泰二年（1202），在《统天历》颁行的第四年，其所推算的日食时刻就比实际的天象早了一个半时辰。因为在古代，人们十分重视历法与天象的符合，所以在其推测日食不准确后，朝廷于开禧三年（1207），又编订了新历《开禧历》。虽然《统天历》中的这些改革一直到元代的《授时历》才得以实现，但其先进的历法思想以及精确的计算数据却为后世历法的编订作出了重要贡献。尤其是其将岁实的数值精确到了 365.2425 日，这对于调整"年"与"岁"的关系，以及更精确地排算二十四节气都具有重要意义。

王祯与《授时图》

元朝统一全国以前，一直采用的都是《大明历》，至元世祖时，已经出现了严重的误差，与当时的天象越来越不相符。因此，南宋灭亡以后，忽必烈决定设立专门的机构，进行历法的修订。

新历法的修订由许衡、郭守敬、王恂负责，他们克服了无数困难，终于在至元十八年（1281），新修订的历法《授时历》颁行天下，《授时历》的名字便是由元世祖忽必烈依据"敬授民时"的古语赐名而得。《授时历》是中国历史上施行时间最长的一部历法，总共沿用了三百六十多年，其制订也是中国历法史上的第四次大改革。在历法制订的过程中，必然涉及天文观测，其中之一就是二十四节气的测定，尤其是冬至日和夏至日时间的测定。在传统的测定中，这一时刻的测定采用的是"圭表测影法"，但是由于圭表这种测定仪器并不精密，且只能观测日影，测定出来的数据误差较大。因此，为了测定更加精确的数据，元朝廷还修建了观星台，郭守敬在全国选定了二十七个观测点，进行了大规模的天文实测工作，被称为"四海测验"。这为夏至日的表影长度和昼、夜时间的长度测定提供了更加精确的数据。

《授时历》废除了过去许多不必要、不合理的计算方法，应用了一些新的计算方法,采用了更加先进的数据,是当时领先世界的优秀历法。但是,官方颁行的历法中的二十四节气虽然越来越精确,其在民间的实际应用中却并不是那么方便。我国的农历是一种阴阳合历,依据月相的变化即朔望来定月份,又以置闰的方式使其与太阳回归年相符合。因此,二十四节气便成为历法的补充,以调和月份不能与季节、气候准确对应的问题。但在很长的一段时间里,人们尤其是农民们,对于阳历并不能准确把握,反而是阴历在农业生产、日常生活中更加实用。所以,在实际指导农业生产、安排农事活动中,应用最多的不是节气而是阴历。

由于二十四节气与阴历中年、月、日的关系不是固定不变的,这就导致官方颁行的历法中时序往往不能反映气候变化,其对农事活动的指导意义也产生了影响。如果强行以历法来定季节,就会导致气候与事实相悖。为了强调二十四节气对农事活动的指导意义,也为了将季节、月份和节气三者的关系融为一体,元代农学家王祯在其《农书·授时篇》中设计了《二十四节气七十二候图》和《授时指掌活法图》,其中《授时指掌活法图》也被称为《授时图》。

所谓"授时",指的是记录天时以告于民。所谓"指掌",则用来比喻事理浅显易明或对事情非常熟悉了解。所谓"活法",指的是灵活的法则,变通的方法。因此,王祯将此图取名为《授时指掌活法图》,体现了其将天象、节气、物候、农事活动等纳入一张图中,是化繁为简,且更加易于农民的理解和操作,同时也是对官方所颁行的《授时历》的一种变通。

王祯的《授时图》在中国农学史上为首创,它继承了《夏小正》《礼记·月令》中的有关农业生产的整体系统思想，将天象、节气、候气及其与农事的关系绘制成了圆盘状的图画，并加入了一段十分精辟的说明："盖二十八宿周天之度，十二辰日月之会，二十四气之推移，七十二候之迁变，如环之循，如轮之转，农桑之节，以此占之。"

王祯对《授时图》的内容做了这样的解说："此图之作，以交立春节为正月，交立夏节为四月，交立秋节为七月，交立冬节为十月，农事早晚，各疏于每月之下。星辰、干、支，别为圆图。使可运转，北斗旋于中，以为准则。每岁立春，斗柄建于寅方，日月会于营室，东井昏见于午，建星晨正于南。由此以往，积十日而为旬，积三旬而为月，积三月而为时，积四时而成岁。一岁之中，月建相次，周而复始。气候推迁，与日历相为体用，所以授民时而节农事，即谓'用天之道'也。"

二十四节气既是一个天文学概念，也是一个农业概念。数千年来，其在我国先民们的农业历史文化的发展中占据重要地位，展现了中国智慧。王祯在《授时图》中，以二十四节气为核心，对官方所颁行的历法做了创造性的变通活用，使其更加便于指导农事活动，增强了其在农业生产、生活方面的实用性。同时，王祯的《授时图》也是我国古代重要的农业文化遗产之一。

节气之争与《时宪历》的启用

15世纪末，由于欧洲殖民国家的对外扩张，大量西方传教士逐渐遍布全球，这其中就有一些传教士来到了中国。这些传教士来到中国后，虽然与中国的一些传统习俗产生了冲突，但也带来了大量西方先进的科学技术和天文学知识。明朝末年，德国传教士汤若望来到了中国，他的到来为后来的《时宪历》的颁行起到了关键作用。

当时明朝统治者所采用的历法是《大统历》，但从严格意义上来说，《大统历》完全承袭了元代的郭守敬的《授时历》，并未有什么改进。虽然施行期间屡屡出现推算日食不准确等问题，制定历法者也曾要求改制新历，但明朝却一直沿用《大统历》。直到明朝末年，《大统历》由于年久失修，误差越来越大，钦天监的天象预测屡屡出错，崇祯皇帝也意识到，必须要修订历法了。此时，钻研西法多年的徐光启抓住时机，向崇祯皇帝详尽叙述了采用西法来修订历法的必要性。钦天监的官员们也看出了崇祯想要修订历法的愿望，担心受到惩治，纷纷转而主动要求修订历法。于是，崇祯皇帝下令成立历局，由徐光启主持修订历法，并提出"西法不妨于兼收，诸家务取而参合"的改历意见。徐光启奉旨督领修历事务，率李之藻等人，采用西方的科学方法来修正中国历法，同时还聘请了一批西方传教士共同编历，这其中就有来自德国的耶稣会传教士汤若望。

崇祯六年（1633），还未及完成《崇祯历书》这部鸿篇巨制，徐光启就因病去世了。之后，由李天经主持历局和历书编制工作。李天经继承了徐光启生前的编历思路，于1634年完成了全书的编制。《崇祯历书》修成之后，理应颁行天下，却受到了以魏文魁等人为代表的保守派的激烈反对。原来，在编制《崇祯历书》的过程中，在关于到底是采用平气法还是定气法来确定二十四节气的问题时，产生了两种对立意见。李天经等尊崇西法的一派主张用定气法注历，他们认为采用定气法可以使历法中的节气日与太阳黄道行度完全相符。这里的定气法并不是西方发明的，而就是我国古代早已发现的定气法，只是随着西方数学等学科的进步，其数据更加精准。为了获得支持，采用定气法，历局仗着自身算法精确的优势，大肆宣扬西法之优以攻击旧法。

原本尊崇旧法的钦天监中的一些有识之士深知《大统历》误差较大，有待修正，但是面对历局对西法的大肆宣扬，心中极为不满，誓要在"礼法"层面与历局争胜。借用后来杨光先在《不得已》中的话来说，就是："宁可使中夏无好历法，不可使中夏有西洋人。"简单的节气算法之争被上升到了中西之争、意气之争。

清代天文数学家梅文鼎也曾指出"节气之争"的真相。在他看来，古人对于平气法与定气法的差别是非常清楚的。在古法中，虽然人们通常使用平气法来排算二十四节气，但在主要的节气之日上，古人所采用的依然是更精确的定气法，比如"定冬至"而非"平冬至"。古人的这种做法实际上是对平气法和定气法的兼收并用，共取所长，既保存了中国传统的以平气法注历的方式，又对太阳的实际视行状态进行了描述。而在节气之争中，尊崇西法的一派只以西法之精确来攻击旧法，实际上是对旧法的不了解、不自信，是数典忘祖。

明末的节气之争还未定论，《崇祯历书》也未能颁行于世，明王朝就走向了覆灭，为清王朝所取代，而这场节气之争也延续到了清初。1644年，清军定鼎中原，尽快颁布新的历法以示正朔就是最紧急的事情。当时，由于满汉之别，清军入关后，汉族内大量懂天文历法的人都纷纷南迁避祸，剩下的大多持不愿与清王朝合作的态度。清廷除了萨满巫师，几乎没有懂天文历法的人了。此时，作为西方传教士的汤若望认为这正是自己在中国这片土地站稳脚跟的一个有利时机。

汤若望首先向当时的摄政王多尔衮示忠，与清王朝的统治者建立了初步的信任。后又利用职务之便，在钦天监的会议上指出明朝旧历《大统历》的谬误，而在观象台的测验中，当天的日食中初亏、食甚、复圆的时间与方位都与西洋新法一一吻合。在展现自己天文历法方面的才能的同时，汤若望还利用"天象"来迎合多尔衮、顺治帝等人，说清王朝取代明王朝是天意所向，因而获得了多尔衮和顺治帝双方的高度信任。汤若望也顺理成章地接下了为新王朝测算天象和编制新历法的任务。

在接到编制新历法的任务后，汤若望将自己曾经参与编修的《崇祯历法》删改、补充和修订至 103 卷，进呈清廷，顺治帝将其定名为《西洋新法历书》。据此编制的新历被摄政王多尔衮定名为《时宪历》。顺治二年（1645），清廷颁行了由汤若望制定的《时宪历》，不久之后任命汤若望为钦天监监正。

汤若望掌管钦天监后，大力推行西法，奏请撤销回回科（钦天监所属机构），全力打击旧历法，改平气注历为定气注历，以彰显西法的优越。这一举动引起了汉族旧历官员极大的不满，节气之争再次升级。先有钦天监前回回科吴明炫列举新历法之误，奏请"复立回回科，以存绝学"，再有新安卫官生杨光先撰文《辟邪论》《不得已》笔伐，进《摘谬论》一篇直指新法十谬。虽然一开始，汤若望由于深受顺治帝的信任，官位步步高升，但随着

顺治帝去世,康熙帝继位,鳌拜等顾命大臣辅政,汤若望被革职废衔,与其他人员一起交刑部议处。后因孝庄太皇太后的干涉,汤若望才免于死刑,但也未能重回钦天监,于康熙五年(1666)逝世。

随着汤若望的革职入狱,《时宪历》被废止,《大统历》恢复实施。杨光先虽然取得了此次节气之争的胜利,也顺势取代了汤若望成为新任钦天监监正,但麻烦也随之而来。他因摒弃西法,虽然自知《大统历》存在大量谬误,却没有能力进行修正,天象预测也错误不断。直至康熙亲政后,才着手解决众多历法问题,并起用传教士南怀仁。康熙七年(1668),南怀仁掌管钦天监监务。康熙九年(1670),《时宪历》恢复施行。

《时宪历》是中国历史上第一次抛弃传统历法而采用西方天文学体系而编订成的历法,它依据丹麦天文学家第谷·布拉赫的天体运行论,采用欧洲几何学的计算系统,将一周天分为360度,一昼夜分为24小时,将度、时以下改百进位制为60进位制,这是官方历法首次发生体系变化。同时,《时宪历》也是中国历史上第一次真正地采用定气法制历,它采用黄道坐标,以太阳在黄道上的实际运行位置标准来计算节气的时刻,从黄经0度起,以15度为间隔,划分出了反映气候周年变化的二十四节气。这一改变,使二十四节气更加符合太阳运动的实际规律,也更加精确,相较于《淮南子》中对二十四节气的定义,已经发生了根本性的变化。

《时宪历》施行后,其间经过了多次的修订。《时宪历》除了采用定气法制历外,其格式仍然沿用旧制,因而其核心算法虽然发生了改变,但在格式上仍然旧历法的形态。所以,《时宪历》在真正意义上实现了历法的中西合璧。至此,二十四节气的版本最终定型。当然,随着天文观测精度的提高,二十四节气中每个节气的交节时间也将越来越精确。